李凯军

贪图安逸能让你清闲一时

经历苦难会让你受益一生

“大国工匠人物传”丛书

李凯军

『人刀合一』的顶级钳工

张子影◎著

中国工人出版社

图书在版编目（CIP）数据

李凯军："人刀合一"的顶级钳工 / 张子影著. —
北京：中国工人出版社，2024.4
ISBN 978-7-5008-8412-5

Ⅰ. ①李… Ⅱ. ①张… Ⅲ. ①传记文学－中国－当代 Ⅳ. ①I25

中国国家版本馆CIP数据核字（2024）第075786号

李凯军："人刀合一"的顶级钳工

出 版 人　董　宽
责任编辑　刘广涛
责任校对　张　彦
责任印制　黄　丽
出版发行　中国工人出版社
地　　址　北京市东城区鼓楼外大街45号　邮编：100120
网　　址　http://www.wp-china.com
电　　话　（010）62005043（总编室）　62005039（印制管理中心）
　　　　　（010）62379038（社科文艺分社）
发行热线　（010）82029051　62383056
经　　销　各地书店
印　　刷　三河市万龙印装有限公司
开　　本　880毫米×1230毫米　1/32
印　　张　6.25
字　　数　55千字
版　　次　2024年5月第1版　2024年5月第1次印刷
定　　价　49.00元

国之大者，工匠先行

——“大国工匠人物传”丛书总序

在新中国成立75周年、中华全国总工会即将迎来成立100周年之际，中国报告文学学会、中国工人出版社联合推出“大国工匠人物传”丛书，向伟大的祖国献礼，向广大劳动者致敬！

“知者创物，巧者述之守之，世谓之工。百工之事，皆圣人之作也。”这是中国所见年代最早的关于手工业技术文献《考工记》中对工匠的记载。“工”之责在于造物，“匠”者为能工鼎识者也。

幼时，老家云南昆明大板桥的老街上，从南头到北头，都是大大小小的手艺人，木匠、石匠、焗匠、骟匠、竹篾匠、鞋匠、箍桶匠……空气中飘荡着木匠的刨花香和石匠敲打出来的粉尘，充满着焗匠手中皮带的“吱扭扭”声、骟匠刀下小猪猡的闷哼、箍桶匠皮锤不轻不重的敲击声。老街上的竹篾匠是我的一个表姨夫，他来自四川，有着一手出神入化的编造竹篾手艺。粗壮的毛竹是表姨夫手中的“百万雄兵”，在一把锋利无比的刀的指挥下，被劈成厚薄、粗细不一的篾。表姨夫的本领仅次于撒豆成兵的天神，他能化篾成物，一般家里能见到、用到的器物，他都能用竹篾编出来。母亲曾命我在老街上买一个暖水瓶的内胆，然后去表姨夫的摊位上，坐等他为暖水瓶胆编制一件竹制的外壳。那个暖水瓶至今还在我家老屋的一个角落里。竹篾壳早已被岁月包了浆，虽然久不使用，却依然油润、红亮。这便是我幼时对匠人的记忆。

五千多年的中华历史长河中，涌现出了无数能工巧匠，他们或如明月光照，或如星河璀璨。一代代薪火相传的工匠精神，不仅成就了那些流芳百世的绝世建筑与器物，更是烛照我们通向文明现代化进程的精神之光，是我们文化的自信心、民族的根与魂。

从“嫦娥”探月到“祝融”探火，从“北斗”组网到“蛟龙”深潜，从港珠澳大桥横跨三地到大兴国际机场凤凰腾飞……这些挺起中华民族脊梁的大国重器、世纪工程背后，无不凝聚着万千工匠的心血和汗水，映照着工匠们孜孜以求、拼搏奋进的身影。

本套丛书收录的是全国总工会历年评选出的大国工匠

的人物传记。他们当中有焊接高铁的“工人院士”李万君、打破国外高端设备维修垄断的王树军、让中国锻件立于世界之巅的刘伯鸣、“人刀合一”的顶级钳工李凯军、在高空“穿针引线”的竺士杰、油田里的创新能手刘丽、了不起的“钢铁裁缝”艾爱国、数控机床上的“雕刻师”孟维、让三星堆文物“活”起来的郭汉中……他们有的是传统加工业的锻造者，为了突破技术瓶颈精益求精；有的是新兴制造业的探路者，为了实现精密制造巧思妙想；有的是军工行业的铸剑者，为了打造国之重器默默坚守；有的是民间手工艺的守护者，为了传承非遗文化精雕细琢……他们奋战在国防军工、装备制造、传统工艺等行业的第一线，以久久为功的钻研和创新，造就了一个个传奇。

这些杰出的工匠，尽管行业不同、岗位不一，成长经历各异，但他们都有着爱党爱国、敬业奉献、创新争先的优秀品质。他们耐得住清贫与寂寞，用灵巧的双手和精湛的技艺，数十年如一日地在平凡的岗位上雕琢自己心中的梦想，以实际行动诠释着“执着专注、精益求精、一丝不苟、追求卓越”的工匠精神。“天下大事，必作于细。”工匠精神既是中华民族技艺世代传承的价值理念，又是中国开启新征程，从制造业大国迈向制造业强国的时代需要。

"大国工匠是我们中华民族大厦的基石、栋梁。"2024年3月5日，习近平总书记参加十四届全国人大二次会议江苏代表团审议时强调"树立工匠精神"，指出"没有金刚钻，揽不了瓷器活"，要"把第一线的大国工匠一批一批培养出来"。党的十八大以来，习近平总书记对建设高素质劳动大军高度重视，强调"当代工人不仅要有力量，还要有智慧、有技术，能发明、会创新，以实际行动奏响时代主旋律"，深刻阐述工匠精神"执着专注、精益求精、一丝不苟、追求卓越"的内涵要义，号召全社会弘扬工匠精神，"为全面建设社会主义现代化国家、实现中华民族伟大复兴的中国梦提供有力人才和技能支撑"。

"匠心聚，百业兴。"无论是传统产业，还是新兴产业、未来产业，大国工匠在发展新质生产力的历史进程中不可或缺。随着经济发展方式转型和产业结构升级，中国要实现由制造大国向制造强国的转变，实现由中国制造向中国创造的跨越，离不开广大劳动者的创新和创造，更离不开对工匠精神的继承和发扬，于是呼唤更多大国工匠成为时代强音。

文艺是时代进步的号角，最能代表一个时代的风貌，最能引领一个时代的风气。中国报告文学学会、中国工人出版社联袂推出"大国工匠人物传"丛书，以图书的形式为大国工匠树碑立传，让他们的故事和精神具有更广泛的交流传播价值和长久的史料价值。本套丛书的写作者奔赴大国工匠生活的城市，深入大国工匠工作的厂区、车间、工作室，获取了全面细致的第一手材料，最终将大国工匠的成长、成才故事呈现在读者面前。

“大国工匠人物传”丛书讲述的是个人奋斗史，也描绘出大国工匠的群体形象。可以说，这套丛书是目前国内系统研究众多大国工匠人生轨迹的权威读本，既有对每位大国工匠的整体介绍和事迹梳理，又有具体的事件、案例，全面、生动地展示了大国工匠各个人生时期的工作和生活状态。

新时代是奋斗者的时代，中国式现代化建设新征程这一宏伟事业为广大工匠技能人才成就梦想提供了广阔舞台。每位劳动者都是主角，都可以成为工匠精神的践行者。大国工匠是新时代的最美奋斗者，更是和平年代当之无愧的英雄。

国之大者，工匠先行，向着中华民族伟大复兴的目标砥砺奋进，行稳致远。

是以为序。

于 2024 年仲春

目 录

第一章 令人震惊的『手上功夫』

约李凯军的采访非常不容易。

从建立联系开始，他一直在外出差，讲课、研讨，做指导，做评审，从一个地区到另一个地区，从这个城市到那个城市，马不停蹄。白天里，他几乎没有时间深聊，每次的回复也只是简短的一两行字，晚上很晚了还在会上。笔者等了将近两周的时间，终于在某日捕捉到了他准确的行踪。

李凯军说他计划三日后回长春。但是，他只有半天的时间能接受采访，其他的时间，要以工作为先。

笔者说："可以，我们在班上插空进行，或者我们在下班后。"

电话中的李凯军明显迟疑了一下，说："我下班的时间可能没法确定……"

笔者说："没有关系，我可以等。"

笔者立刻订了票，跟着他的脚步追到了长春。

第二天一早，迎着长春2023年第一场飘飞的雪花，我站在了他工作的单位——一汽铸造有限公司铸造模具设备厂门口。

进门的大厅没有鲜花，没有绿植，只有两排玻璃展柜，长长的"L"形展柜里，摆放着的是各式各样模具的压铸件，形状各异、大小不同，无一例外地造型复杂。令人惊奇的是，每个模具的每个截面都光可鉴人。这些令人眼花缭乱的繁复线条，每一毫米都在无言地诉说着制造的艰难，足见制造者们技艺高超。

李凯军一路小跑着迎上来。

李凯军个子很高，身高在一米八四以上，年过五十的他，身材结实，身姿轻盈，举止敏捷，一看就是长期坚持锻炼的人。

采访一开始，笔者就问道：“凯军师傅，您是全国劳动模范、‘大国工匠’，又是中华技能大奖得主，还是吉林省首个工人高级专家……您有这么多的头衔和荣誉，您怎么定义您自己呢？”

李凯军想了想，说：“我是一名汽车厂的工人，一名钳工，算是比较优秀的钳工吧。”

李凯军在全国机械冶金建材系统工会主席培训班进行讲座

"大国工匠"李凯军的身份，是一名钳工。当然，他可不是普通的钳工。

钳工是机械制造业中最古老，也是最重要的金属加工技术之一。主要的工作内容或者说工作方法有：錾削、锉削、锯切、划线、钻削、铰削、攻丝和套丝、刮削、研磨、矫正、弯曲和铆接等。钳工运用上述方法，再借助各式工具，完成机械或机器零部件的加工、装配、调试以及机械的维护修理。

钳工工作台高度为800—1200毫米，单人工作台的长度一般在2.5—3米，所以通常也被称为"八尺钳台"。

随着科技的进步，传统的钳工工作内容、方式已经有了天翻地覆的变化，机械化程度越来越高，很多传统的操作手法被机器取代。尽管机械能在较大程度上代替手工，但是钳工工作中仍然有相当大一部分的内容还是要靠手工操作来完成。因此，衡量一个钳工是否优秀，除了考量他的理论知识水平，更重要的，是考察他手工操作的能力。简而言之，就是在八尺钳台上的"手上功夫。"

笔者初识李凯军，是在2019年，他获得"大国工匠"荣誉称号后，中央电视台在《中国工人》节目中专题介绍了他。那一次，李凯军在国家电视台的镜头前露了一把他

2013 年，李凯军赴高职院校进行讲座

2013 年，李凯军（中间穿西服者）受邀赴军营授课

“手上功夫”的绝活。

时间是上午。地点就在李凯军的钳工工作台前。

钳台一头整整齐齐地摆放着各种工具、刀具，生产线上的另一侧，台面和地上摆放着不同尺寸、不同形状的各种模件，有方的，有圆的，大的足有一人高，小的仅有手指头大小，一行行，一排排，泛着金属清冷的光。摄影师请李凯军展示一下他的钳工技术。李凯军的目光掠过了那些质地紧密结实的模件，像变戏法似的，拿出了一枚鸡蛋。

只是一枚中等大小的普通鸡蛋。

身高超过一米八的李凯军站在钳台前，一只大手的掌心里握着这枚生鸡蛋，另一只手拎过来手持笔式风动刀，插上电源，只听“哧”的一声，锋利的刀头飞快地旋转起来，转得那么快，人们只看到工具末端显现出一个白雾般的圆圈。只见李凯军不慌不忙的，把这飞快旋转的刀头抵到了鸡蛋壳上，开始操作了。

只见直径只有三毫米的小小刀头飞快地旋转着，不时发出丝绸裂帛般细微的声响。当高速旋转的车刀头轻轻地落在鸡蛋壳上时，蛋壳上泛起一小缕又细又软的白色轻烟。

镜头是直播，现场的摄影师、灯光师、导演、主持

李凯军在生鸡蛋上的精雕细刻

人，包括电视机前的全国观众，笔者相信所有人都像我一样，屏住了呼吸，大气不敢喘，生怕发出的声音干扰了李凯军的操作。

一分钟后，笔者意识到自己是多虑了。李凯军身处的位置是车间，是数万平方米的偌大车间，他身旁就是通道，前后左右，各种机器、机械的工作声此起彼伏，不绝于耳，自动机器人不时来往。但李凯军只是全神贯注地盯着手上的操作，仿佛周围的一切都不复存在一样。

时间一分一秒地过去，十分钟后，李凯军关闭电源，放下手中的工具。他先轻轻地吹了一口气，又用一块软布轻轻地擦了擦鸡蛋，然后将手中的鸡蛋举起来，放在众人面前。

摄像机的镜头慢慢靠近、靠近，人们看到：

滚圆的生鸡蛋上，出现了"传承"两个字。那是部分粉褐色的蛋壳被刻掉，露出里面雪白的蛋壳膜形成的。鸡蛋的其余外壳没有任何损伤，甚至连裂纹都没有，更惊奇的是，蛋壳里面薄如蝉翼的白色蛋壳膜竟然没有丝毫破坏。

一连串的惊叹声之后，掌声如雷鸣般响起。

李凯军又一次高能的绝活亮相是在无锡。那一天，他

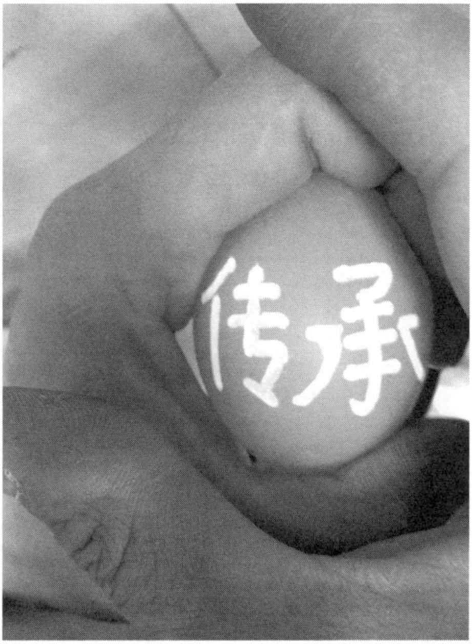

鸡蛋上雕刻

在没有任何外援的情况下，一个人全凭手工，在钳台上不眠不休地工作了整整 16 个小时后，把一只滚圆滚圆的钢制圆球生生地锉削成了一个正十二面体。

当这件棱角分明、光洁如镜，光灿灿、亮闪闪，如钻石般熠熠生辉、巧夺天工的艺术品出现时，在场的所有人员都惊呆了。没有什么语言能够表达他们的震惊，如果不是亲眼见证了这件“艺术品”的产生，那些见多识广的专家完全不能相信，这样的东西会出自一个人的手工，在他们看来，这简直不可思议！

立体加工是最考验钳工技术的，尤其是球体形状的制件，工作面上没有任何参照系，既难找空间基准，又难以测量定位，机械和数控设备都无法进行加工。但李凯军凭着一双手和丰富的经验却完成了。完工后的这件物品有十二个面，每个面都是完全一样的五边形，粗糙度达到Ra0.01——即如同镜面一样光洁，所有相邻面的夹角误差不超过1分，尺寸精度达到0.01毫米——这个数字常人可能不太容易理解。解释一下：

一般情况下，正常人的一根发丝，直径为0.06毫米。

也就是说，李凯军手工做出的这件金属制件，精度是正常人一根头发丝直径的六分之一。

老式铣床的加工精度为0.1毫米，某些数控机床可以将制作模具的精度控制到0.03毫米。但李凯军的双手，却能将精度做到0.01毫米。这是连一般自动化机器设备也无法达到的数值。

在此起彼伏的欢呼声中，观众和记者们的灯光、手机连续闪烁，李凯军安静地坐在一旁，他轻轻活动着酸疼的手，脸上带着无法言表的喜悦。

“非常非常疲劳，也非常非常兴奋。”李凯军后来说。

模具被称为“工业之母”，汽车模具的精度决定了整车的质量。中国一汽生产的红旗等高档车型有大量关键性零部件，很多高精尖模具都诞生于李凯军之手。

2019 年，李凯军（右一）对模具进行评审

第二章 信仰是动力的源泉

现年 54 岁的李凯军在八尺钳台上已经工作了 35 年。

每天早晨，李凯军都很早地来上班。到厂里之后，他先换上运动衣，在地板上做 5 组共计 400 个俯卧撑。

钳工是个体力活，非常依赖体力。每天早上做俯卧撑，就是李凯军长年坚持的锻炼方式。李凯军于 1989 年秋进厂。最初，当他还只是个普通初级小钳工时，就每天很早地来上班。那时他是骑自行车上班。到了单位，他习惯性地做几个俯卧撑，拉伸一下筋骨。时间和场地都有限，俯卧撑是最好的锻炼方式。他做俯卧撑的次数从最初的几个、十几个，到后来做 100 个。随着时间的推移，他把俯卧撑的次数增加到了 400 个。

俯卧撑，是李凯军长年坚持做的一件事。另一件他长年坚持的事情是不饮酒。他刚进厂不久，有次体检时，听某位医学专家说，酒精会导致手部颤抖。从那时起，为了保证加工模具时手上的动作更稳、更精准，这么多年来李凯军坚持滴酒不沾。

运动完，李凯军洗把脸，脱下运动服，换上工作服，然后进入车间。他要对整个班组的各工位及设备情况进行检查，看看它们是否处于正常工作状态。

他戴上手套，从第一个钳台位开始，一个接一个，一台接一台地向前走，每一个工位，每一台机台都会走到。他不时弯下腰，查看已完成和未完成的模具制件。

生活中的李凯军是一个随和风趣的人，他思维敏捷、思路清晰，待人亲和、妙语连珠。但是，只要一走进车间里，他就完全变成了另外一个人。工作中的李凯军收敛起了全部风趣、幽默、亲和，变成了一个不苟言笑、严肃、严谨、威严的人。多年职业的熏陶，使他具有超强的观察力和极强的反应力，他眉宇间一片宁静，但他的五官像雷

2001 年，李凯军工作照

达一样张开着，眼睛、耳朵、鼻子，甚至呼吸；他敏锐、细致、气度沉钧、一丝不乱，任何细微的杂音，或者异常的气息都会迅速被他捕捉到。走在车间那么多形形色色的机器之间的李凯军完全像一个胸有成竹的侦察员，或者说像一个身怀绝技的侦探。那些正在制作中的任何一个模具、模具上的每一个细节，每一处都逃不过他犀利敏锐的检查。他只要瞄一眼金属机台，凭着它发出的气息和声音，就能判断出机器所处的不同转速和状态。他智慧的眼睛如同高清摄像头，任何一点点的瑕疵都别想逃过他的监视。

车间各班级检查完之后，李凯军重新回到自己的工作台，开始进入一天的工作流程。

他已经这样工作了35年。

35年如一日。

如今，李凯军已是一汽首席技能大师、“大国工匠”、全国劳模，徒弟上百个，但他的习惯一直没有变，还是依旧每日提前到岗，提前做好检查和准备工作。除非外出开会、出差，只要在长春，李凯军每天早晨来上班，从来都是早到，从来没有迟到过。有时他去外地出差，后半夜才回到长春，可第二天一早，他又早早地出现在工作间。区别只在于，由于分管的内容越来越多，他早上检查的工作半径也越来越大。

35年的时光就这样过去了。李凯军对这座车间的每一个角落都烂熟于心。站到工作的钳台前，李凯军又仿佛是临战的战士，精神抖擞，眼神清澈，目光如炬。多年的手工操作，令他十指粗糙，掌心上满是伤痕，但这双触摸过

2010 年，李凯军工作照

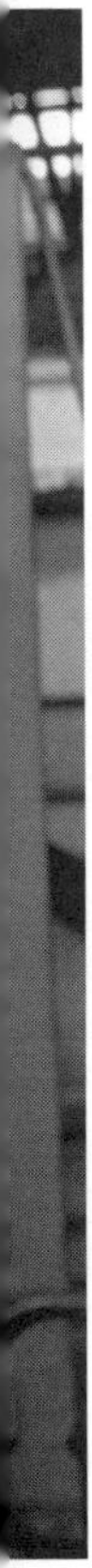

成千上万件模具的手仿佛有灵性，在工作时，他永远思维敏捷、心细如发。

35 年是一个太过漫长的时间，也是一个太过严苛的考验。一个人能在这么长的时间里保持对工作倾尽全力，靠什么支持呢？

笔者向李凯军提出了这个问题。

李凯军平淡地说：“的确，在一般人眼里，35 年的时间可能的确很长很长，可是我并没有这样的感觉。因为如果一个人对自己有要求，每天他都按要求去做，那么，日子一天一天的也就过来了。”

李凯军认真地说：“做人，总是要对自己有一点要求，总是有一点精神信仰的。”

笔者马上追问：“您的精神信仰是什么？”

“信仰这个东西，它在我心里是慢慢生长起来的。”

当年李凯军刚进厂，还只是个毛头青年小钳工时，他就暗下决心：天生我材必有用。

几年后，当李凯军在行业里渐渐崭露头角时，他对于自己有了新的要求：要用自己手里的技艺，为企业争光，为更多人谋福祉。

如今，李凯军的心愿是：让中国的制造业再往前走一步。

李凯军在长春出生，而他的父辈祖籍是河北省乐亭县。虽然他从来没有回去过，但是，每当有人问起时，他都会这样说：跟李大钊一个地区的，河北乐亭。

第一次听见他这样说时，笔者并没有在意。

第二次，在一个单独交谈的场合，说起家乡时，李凯军又一次很认真地说道："我祖籍是河北的乐亭，是李大钊的家乡。"

笔者立刻明白了他话语中的深意："你敬仰李大钊。"

"当然，"李凯军眉毛一扬，毫不迟疑地回答，"他是一名真正的共产党人，他是我心里的一面旗帜。"

作为中国最早的马克思主义传播者，李大钊忠诚于自己的信仰，他用信念和实践铸就起中国革命征途中一面不朽的旗帜，他以血肉之躯，感召了一代又一代仁人志士，为实现"再造中华"的伟大愿景而奋斗。一方水土养一方人。我因此理解了李凯军几十年如一日的坚持。同李大钊一样，李凯军也忠诚于自己的事业。那个从来没有回去过的老家，是李凯军的精神原乡；那位来自家乡的李大钊，是共产党人的杰出代表，也是李凯军的精神信仰者。

那天傍晚，走出李凯军的工作室，在漫天飞雪中，笔

2012 年 10 月，李凯军在全国各地“传经送宝”

2019 年，李凯军现场操作照

2022 年，李凯军赴宁波加工红旗重点项目的巨型模具

2022 年，李凯军完成国内领先的大型模具

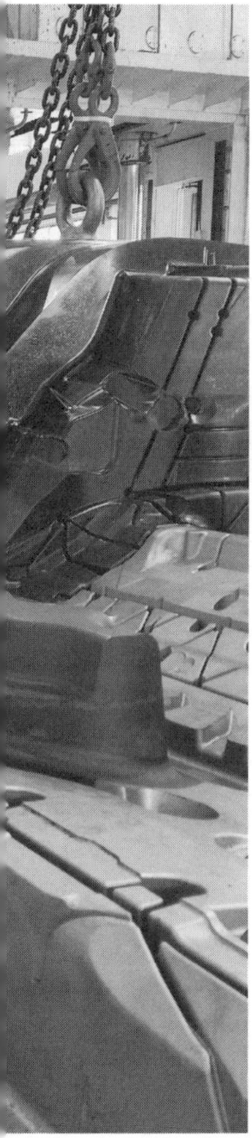

者在一汽集团门前的大路上步行了很久。夜色里，集团大楼上“红旗”两个鲜红的大字仿佛在白雪中凌风起舞。至此，笔者找到了李凯军成功的人生密码：

信仰是动力的源泉。

心怀信仰的人，他身上必然有恒久的动力。

第二章 少年磨砺一生的品格

1970 年 2 月，李凯军出生于吉林长春南关区一个普通的五口之家。

少年时的李凯军，头上并没有任何“荣耀”的光环，也没有展现出什么“有后劲”或者“大器晚成”的预兆。在家人和周围邻居们的眼里，这个总是跳来跳去的孩子实在是一个令人头疼的“坏小子”。按他母亲的话说：“凯军是个很不让人省心的孩子。”

李凯军小时候的家，在一个 20 世纪六七十年代特有的大杂院里，他有兄弟姐妹三人。作为家中最小的孩子，李凯军受到了全家人的疼爱。李凯军的父母勤劳能干，哥哥姐姐又承担了家里孩子能承担的所有事情，到了李凯军这里，他就只有一件事可干：淘气。

20 世纪六七十年代，长春市作为一座工业化城市，有许多大大小小的工厂，这些工厂的员工居住在大同小异的大杂院里，大人们在工厂里上班，孩子们都是工厂的子弟，在同一个院里长大。虽然那是一个物资匮乏、生活简单朴素的年代，但大杂院的风气很好，夜不闭户，路不拾遗。住在这里的人家左邻右舍的房屋建筑结构都差不多，孩子们姓啥叫啥，父母是谁，甚至，各家各户屋里都有什么家具配置，彼此都很清楚。这一时期，全国人民都在抓生产，大人们白天在班上很忙碌，孩子们从小学开始就是自己上下学。在学校有老师管，放学后孩子们就聚在院子里玩耍。按现在的话说，叫作“散养”。

李凯军就是“散养”的孩子群中的一个。

熟悉和轻松的环境培养了李凯军个性自由、无拘无束的性格，他对一切充满了强烈的好奇心。李凯军比同龄的孩子高，腿长手长，因此，像打弹子、拍拐骨、丢沙包、攻城（一种游戏，双方抱膝对冲），这一类运用肢体的活动就比较占优势，所有流行于孩子们之间的游戏他都乐此不疲，而且玩得花样百出。因此在孩子们中间颇有号召力。小凯军讲义气，守信用，承诺的事情说一不二。他少年率性，爱较真，聪明机智，有很强的好胜心，不争出个输赢，决不肯罢休。家属院的孩子喜欢“抱团”，有时候看到自己院里的小伙伴与外院的孩子发生矛盾了，小凯军会毫不犹豫地冲上前给同院的小伙伴帮忙，吵急了眼，还会挥着小拳头冲上去，甚至在比他大的孩子们面前也毫不示弱。隔三岔五的，就会有家长带着哭兮兮的孩子上门来告状。当着人家大人的面，小凯军承认错误很痛快，挨父母训斥的时候也会马上认错，表态“再不惹祸了”。但是，第二天孩子们一玩起来就又全忘记了。过不了几天，又有一个家长带着哭哭啼啼的孩子上门来了……这弄得小凯军的父母十分恼火。

好在小凯军这样没头没脑的时期很快就过去了。上小学后的李凯军，兴趣点突然发生了变化，他很少再到外面去和孩子们打闹了，起因是父亲的一只旧箱子。

旧箱子是父亲李洪丹带回来的。这天小凯军早晨准备上学时，看见父亲李洪丹正费劲地将一只旧箱子托举着搁在立柜上。

小凯军问："爸，箱子里装的啥东西？"

李洪丹放好箱子，拍了拍手上的灰尘，说："我的'武器'。收起来，一时半会儿用不着了。"

爸爸竟然有"武器"？小凯军心里很是吃惊。但是还没等他开口询问，父亲已经匆匆忙忙地离开了家。

下午放学后，小凯军进了家门，一眼就瞄到了立柜上的那只箱子。爸爸还没回来，妈妈也没下班，家里没有大人，此时不看又待何时？小凯军扔下书包，搬了个板凳过来，抬腿站了上去。他踮起脚，小心翼翼地伸手，打开了立柜顶上的旧箱子：

哪里有什么"武器"？箱子里面满满装的是各式工具：锤子、起子、刨子、钢锯、大小钳子、各种扳手……

李洪丹曾经是区政府的一名干部，后来在第一汽车制造厂当了好几年的装卸工，这些工具就是他业余时间经常要使用的"武器"。不久前，李洪丹的工作变动了，由装卸工改任车队的调度员，负责生产运输车辆的调度。工作变化后，李洪丹非常忙，加班是常态，就是节假日白天也很少在家。这些工具就闲置了，李洪丹便把这些硬邦邦的家伙什都收进了这只旧箱子，放在了立柜的上方。

没有发现想象中的"武器"，小凯军并没有失望，望着面前的这堆工具，他反而开心地乐了。这些被父亲用旧了的大小工具，激起了小凯军的兴趣。

院子里靠墙的一角，立着些旧木板条，长长短短的一堆，是从废弃不用的包装箱上拆下来的下脚料。李洪丹分管的车队天天都要运输各种物品，为了避免长途运输时损坏，一些重要的机械设备或者材料，都会装进用木板条打成的简易包装箱里。物品安全运送到位后，外包装箱被拆除，拆下来的木条也就废弃不用了。那个年代的人们都是勤俭持家的，李洪丹也不例外。单位会定期把一些旧木条、碎板块折旧处理，他就买回家，搁在院墙根下，预备着有需要时可以派上用场。

拎着工具的小凯军就瞄上了这堆木条。他从中抽出了一根最长，也是最完整的，开始捣鼓上了。

他先用起子把木条上的钉子一一拔掉，因为力气小，拔钉子很费了些劲。然后，他又操起锯子，一顿咔嚓咔嚓，把这根长木条裁成了两段。操作锯子的时候，他费了更多的劲。以前他经常看到父亲在家里使锯子，可这会儿东西到了自己手上就不怎么听使唤了，锯出来的木片剖面歪歪扭扭，很是难看。这个模样很丑的剖面让他看着很不顺眼。于是，他调整了一下姿势和着力点，下手又锯了

李凯军（六排左五）小学毕业照

一段。

这一回出来的成果明显比上一个好多了。

不知不觉地，天就快黑了。母亲李书琴下班回来的时候，看到小儿子蹲在院子里，面前铺了一地长长短短的木板片片，长的两三尺，短的两三寸。李书琴并没有制止儿子的活动，而是啥也没说，踮着脚小心地越过儿子的游戏战场，走向屋内，忙自己的事去了，因为做母亲的下班回到家，总有忙不完的家务。

李洪丹回来了，他推着自行车进了院门，家门虽近在咫尺，他却无处下脚，因为小凯军还在院子里折腾。做父亲的就没有母亲那么温和了，李洪丹没好气地说："好好的木条子，你把它整断干啥？"

"孩子喜欢玩，你就让他玩嘛！"母亲李书琴握着锅铲走出来，制止了父亲的埋怨。李书琴认为，儿子蹲在自家院子玩玩破木片子，总比上外头和别的孩子疯玩打闹好。

连续几天，李洪丹和李书琴下班后，都能看到院子里到处都是大大小小的各种木制残片。他们的小儿子在院子里，手握工具，挥汗如雨。

"这孩子真不让人省心。"父亲摇摇头，嘀咕着兀自进了屋。

这一天李洪丹有事回家晚了，天都黑了，他骑着自行车拐进大院，远远地就看见小儿子站在自家院门口，伸头张望。李洪丹骑车走近，小儿子飞跑出来。

“爸，你可回来了。”小凯军说。

“有事吗？”父亲下了车，问。

“你快来看——”小儿子上前拉着父亲就朝院里走。

李书琴也站在院子里，脸上笑眯眯的。

李洪丹有些诧异：“啥事儿，你们娘儿俩这么高兴？”

李书琴笑眯眯的，用下巴朝一个方向点点头：“喏，你看。”

李洪丹顺着妻子的目光看去，只见家门口台阶的正中位置，放着一只小板凳。李洪丹走过去，把板凳拎起来看了看：凳面方正，打磨得挺平滑，四条腿也钉得比较结实。更重要的是，凳子的整体比例协调，虽然整体个头很小，单薄得连个小人也无法承载，但它确确实实是一只合格的板凳。

作为一个有着多年工厂经历的父亲把小凳子在手里再次拎了拎，满意地点了点头：“不错，真有两下子。”

小儿子才七岁，居然能有这样的本事，用几件旧木材手工做出一只小板凳，做父亲的不免对儿子刮目相看。

晚上，李洪丹把旧箱子从立柜上搬了下来，放在屋子的一角——儿子可以随时取到的地方："这些工具你随便使，小心别砸了手。"

"别误了功课。"李书琴在一旁，一边纳着鞋底，一边叮嘱儿子。

母亲李书琴是一位了不起的女性，她纯朴善良，心灵手巧。成年后的李凯军，每次在谈到母亲时，都会说一句话："在我脑海里，中华民族传统美德真是都在我妈身上体现出来了。"

李书琴做得一手好饭菜，会腌渍咸菜，还会织毛线、做鞋子、蹬缝纫机做衣服。李凯军上初中之前，他们兄弟姐妹三人四季的衣服都是母亲亲手做的。李书琴还种菜、养鸡、喂兔子……丈夫当了十几年的装卸工，收入微薄，李书琴用她的智慧能干加上勤俭持家，让这个孩子众多的家庭维持了较为从容的生活。

自从知道小儿子喜欢敲敲打打做手工后，家里的旧木料、废铁皮从来没有缺过。原材料的充足和丰富让小凯军喜欢手工的爱好一发不可收拾。

李凯军的父母亲非常了不起，他们并没有像一般的家长那样，认为必须要埋头读书才是好孩子，相反，他们从来没有限制过小儿子爱摆弄工具的行为。父亲李洪丹还身体力行地时常给予小儿子指点。

李凯军终身都感激父母对自己的宽容和放任。

李洪丹工作的单位是第一汽车制造厂。假期里，老师会带着学生们到工厂参观，“向工人叔叔学习”。小凯军因而有机会经常进到车间，亲眼看到各种机器以及工人们在机器上的各种操作。一只方方正正或者长长圆圆的铸件，送进机器里，经过一些旋转和切割，就变成了另外一种造型奇特的物件，这太奇妙了。在工厂参观是小凯军最开心的时候。低年级的同学们大多不喜欢制造车间嘈杂的机器声，也不喜欢车间里呛人的机油味，但小凯军对这些毫不在意，他东看看西瞅瞅，觉得到处都新鲜，到处都有趣，他年纪虽小，却能看出不少门道。

不过，那时，少年李凯军还绝对想不到，这些轰轰隆隆的钢铁家伙，不久的将来会跟自己的人生产生巨大的关系。

也许是继承了父母心灵手巧的强大基因，小小年纪的李凯军表现出了强大的悟性和超强的动手能力。小朋友们玩的小玩具，像弹弓啦、沙包啦、铁皮哨子啦，他只要看一看别人是怎么做的，回到家，就能自己学着做，而且还做得像模像样。他做的弹弓，在把手上刻上了自己名字的简单缩写，以示属于“私人物品”；他用母亲的旧布头做出的沙包，针脚细密，连母亲也夸奖；铁皮做的哨子两面都用砂纸打磨得锃亮，在阳光下闪闪发光……

小凯军越来越爱制作，越来越爱琢磨，今天钉一只装杂物的小木箱，明天打出个盛针线的小匣子，后天又做了个捉鸟的木笼子……家里的碗橱门活动了，他用锤子和钉子给固定好；窗子跑风漏气了，他削几根大小不一的小木条，严丝合缝地补好；书桌抽屉抽拉不灵活了，他用刨子和机油把滑轨处理得溜光……

令人惊奇的是，少年李凯军尽管年纪小，没有接受过美学理论的教育，但他有天生的悟性，对于自己所热衷的制作，很注重物品的质感，强调造型，追求完美，无师自通地建立起了较高的审美标准。甚至每天用完的物品、工具，他也从来都横平竖直地摆放好，就连废弃不用的下脚料，也按大小类别归置得整整齐齐。所以，虽然他一天到晚在家里舞锤弄斧，但是收了工后，还会主动“打扫战场”，把院子收拾得井井有条。

父亲李洪丹欣喜地看到了儿子的变化，虽然工作很忙，但他总是抽空给予儿子简明扼要的指点。

家属院里的人家住房都比较紧张，李凯军家与邻居两家人共用三间房，其中那半间是两家人共用的厨杂间。凯军的哥哥、姐姐长大了，父母就思忖着，想把自家屋里的半间厨房改成住房，另外在院里挨着自家的屋外，再搭建个棚子做厨房。

搭棚子需要砖瓦。长春市那几年正在搞城市建设，到处都是工地，一段时间以后建筑工地完工，工人撤走了，会留下不少待清理的建筑垃圾。一天，母亲在一处街角看到了一堆旧砖头，就招呼上两个儿子一同去那里，拣出了些品相还算整齐的砖，用小板车拉回来，扔在院墙下。

挺大的一堆砖头，东倒西歪地堆着，小凯军看着不顺眼。终于等到了周末，小凯军决定把这些砖头处理一下。于是，他撸起袖子就干。

七零八落的砖头有大有小，有的缺个角，有的少半边，他就用瓦刀一阵嘁里咔嚓，把每个不规则的砖头都削得方方正正的，再一块块整整齐齐地垒起来。他花了足足大半天的时间，终于把所有的砖头，按个头大小垒成了个规规矩矩的四方形砖头垛。

砖头垛垒好了，横平竖直。小凯军看着自己的劳动成果，心里挺得劲儿。正得意呢，父亲李洪丹下班回来了。

小凯军自然是期待父亲表扬的。

李洪丹走过来，绕着砖头垛看了看小儿子的"杰作"，先是表扬了几句，然后却又批评上了。

李洪丹认真地说："你怎么把这么些砖头的斜角都砍去了啊？！"

李凯军说："不砍了摆不齐，不好看呢！"

李洪丹摇摇头："也许真正砌墙的时候，到了拐角、转角的位置，可能你就能用上这个斜角了。这就是临时摆放，好看是一回事，物尽其用才是真的。"

李凯军觉得父亲说得很有道理！

李凯军是多么感激父亲啊！几十年过去了，父亲当时说过的话，他至今都记得。

劳动和创造给予了李凯军莫大的快乐。直到初中毕业之前，李凯军都是幸福的。那时的他，少年风华，恣情兴意。在家中，他作为幺儿，是父母手心里的宝；在学校，他因为成绩好，头脑聪明，加之性情随和，深受老师和同学们的喜爱。在家属院的孩子们中，他也很有影响力，他的手工总是能吸引一群孩子跟屁虫似的跟在后边。

转眼上初三了，青春少年的李凯军精力旺盛，浑身有使不完的劲。这一年，电影《少林寺》在全国上映，轰动非常，影响了一代年轻人。李凯军也不例外。电影中的李连杰，英俊帅气、血气方刚，他身姿飒爽、拳脚英武，一下子就把李凯军给迷住了。这部电影李凯军不知看了多少遍，一边看一边也跟着一招一式地学起了“武术”。

电影很快下架了，没办法跟着学了，身边又没有老师教，其他孩子们的武术热跟着就退了，可李凯军没有。花了一番心思琢磨之后，他决定想办法“自学成才”。

上学的路上要经过一片小树林，笔直挺拔的白杨树就成了李凯军练习武术的“对手”。李凯军拆了母亲的米袋子缝了个布袋子，里面装上细沙，做成了一个沙袋。他把沙袋绑在树干上，每天上学时都来到这里，放下书包，模仿着李连杰在电影中的动作，对着沙袋这个“假想敌”“拳脚相加”地比画一阵子，直练得满头大汗，拳头和胳膊又酸又疼。算算快到上课时间了，才拿起书包，一溜小跑地奔向教室。

父亲李洪丹还是照旧很忙碌，但父子俩早间在饭桌上碰面时，他还是不忘记叮嘱小儿子一句：“在学校好好学习。”

李凯军立刻回答：“我哪次考差了？”

的确，李凯军在班上算是学习成绩好的，他头脑聪明，学习起来根本不费劲。

李洪丹把最后一口馒头塞进嘴里，用手抚摸了一下儿子的头顶，站起身来，放心地骑着车子上班去了。

私下里，李洪丹和妻子李书琴商议过很多次，他们认为，以小儿子的聪明伶俐，考上个好大学完全没有问题。

第四章 人生的第一次选择

转眼到了 1986 年夏天，李凯军初三毕业了。

李凯军怎么也没想到，他的人生就在这个夏天发生了逆转。

那是暑假里的一天。

这一天的早晨跟平时没有什么两样。吃过早饭，父亲母亲分头上班。天阴着，下着雨，因为母亲走路上班，父亲骑自行车，所以母亲拿着伞，父亲披上了雨衣。

因为下雨，李凯军没法外出去小树林练武术，也没法摆弄那些工具。所以，他就宅在屋里看电视，度过了无所事事的一个上午。

快到中午下班时间了，爸爸妈妈就要回家了。李凯军看到屋门口的地上有他进进出出踩出的泥脚印，于是拎来了拖把，准备把地面打扫干净。电视机开着，里面正在播放一档节目，主持人正讲述一位伤残军人在浴血战场的英勇事迹。

他正在使劲拖着地，忽然听到了一阵哭声。

哭声是从外面传来的，他诧异地走出去看，就看到一群人簇拥着从远处走过来。人太多了，他第一眼竟然没有看到母亲，等到这群人走到跟前了，他才看到了母亲，还看到好几个熟悉的面孔，都是爸爸妈妈单位上的叔叔、阿姨。母亲的头发散在脸上，她在哭，她身边的几个阿姨也在哭。母亲不是走，而是被几个人扶着、架着进门的。

这群人进了屋就把房门关上了，把李凯军也关在门外。

李凯军感觉到是不好的事情发生了，但他却没动。那个中午，一向聪明机灵的李凯军，竟然鬼使神差一般地呆站着。他感觉心里有一种莫名的恐惧正一点一点地长大。

不知过了多久，应该是下午两点多，屋门开了，走出来几位大人，李凯军认出来，两位叔叔是爸爸单位上的领导，阿姨是母亲要好的同事。

眼睛红红的领导拉着李凯军来到院子里，嗫嚅着说了半天，李凯军也没听明白，但最后一句，他听懂了。这位叔叔说：

“孩子，你爸没了。”

李凯军的脑袋“嗡”的一声，好像有什么炸开了。他完全蒙了。

父亲李洪丹在下班的途中，出了车祸。当时，天正下着大雨，李洪丹骑自行车在一个路口转弯的时候，一辆大货车正从他身边经过。李洪丹穿着雨衣，视线受到了阻挡，他没有料到大货车带着的是双拖挂，他避开了第一节拖车，却没能避开第二节……

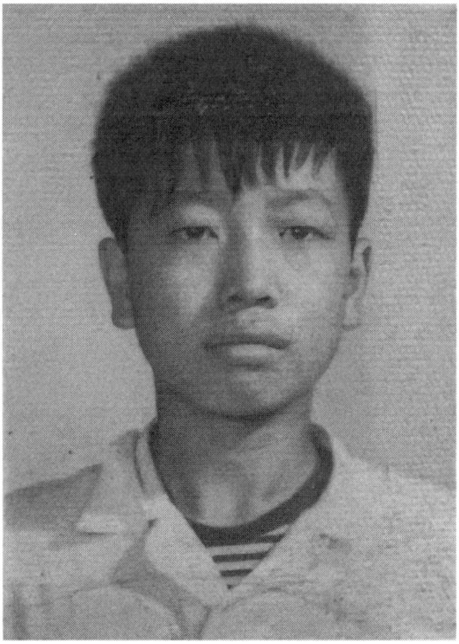
少年时期的李凯军

那个中午，李

凯军竟然没有哭。他哭不出来，因为他无论如何也不能接受这个现实：亲爱的父亲不在了？怎么可能？

李凯军怔怔地站在门口，发现自己突然间失音了，也失聪了，脑袋一片空白，母亲悲痛欲绝的样子，那么真实，却又那么遥远。

李凯军这年刚刚 16 岁。

这是 16 岁的少年李凯军第一次面对死亡。而这死去的人，竟然是他最亲爱的父亲。李凯军无法接受，他情愿以为眼前发生的一切，完全只是一场梦。

可是梦总会醒。李凯军必须要面对现实。母亲完全病倒了，连续一个多月都下不了床，她虚弱地躺在床上，只要稍一起身就会倒下。李凯军和哥哥、姐姐轮流在家，寸步不离地守着母亲，生怕她想不开，或者下床后再有什么闪失。

暑假快要结束了，父亲李洪丹单位的领导来家里看望。临走前，他对李凯军说："快开学了吧？新学期你去哪里读书？上高中还是上技校？"

李凯军听了这话有点愕然。

父亲没有出事前，李凯军从来没想过要上技校，或者说，上技校的选项从来没有在他心里出现过。他功课很好，一门心思地只想着上高中、考大学，并无数次地幻想过自己背着大书包，提着大行李袋走进大学校门的样子。他的目标甚至不是吉林，而是想要到北京去上大学。

但是，现实的情况击碎了李凯军的全部幻想。

送走领导后，李凯军一直沉默。这时的李凯军明确地意识到，他面临着人生一次重要的选择。

那个晚上，李凯军在小床上辗转反侧。隔壁房间不时传来母亲悲伤的哭泣声。李凯军眼睛睁得大大的，盯着天花板。不知过了多久，李凯军觉察到一行冰冷的泪水流到了耳边。他任由泪水流着，心里已经下定决心。

家里原本就没有积蓄。父亲突然去世，家里最重要的经济来源没有了。母亲本来工资就低，这一病，班也不能上了。如果开学后自己再去上高中，一家人的生活费、三个孩子的学费是一笔不小的开支，钱从哪里来？

必须要有人去挣钱养家。

那个年代，九年制义务教育完成后，学生可以自主选择考高中，还是考中等专科技术学校。绝大多数的孩子都会选择上高中，因为只有上高中才能考大学。也有一少部分孩子，由于家庭条件的原因，或者是成绩不太理想的，选择上中等专科技术学校，简称技校。

当时长春地区最好的技校是一汽技工学校（后并入长春汽车工业高等专科学校），上这所学校不仅不用交学费，每月还有 13 元的助学金。而且，从技校三年毕业后就能直接参加工作，挣钱养家了。

暑假前，初三毕业的时候，李凯军和初三的同班同学们一起参加了高中和技校的考试。他都考上了。

第二天，李凯军对母亲和哥哥、姐姐说："我不上高中了。我去上技校。"

母亲当时就流泪了，她当然明白小儿子的孝心，也知道这样一来，小儿子就只能与他的大学梦想永远失之交臂了。

可母亲尽管内心辛酸，却也没有办法。

姐姐摇头："不行，凯军你还小，你得继续上学。姐还有一年就能高中毕业了……"

李凯军说："不行，姐，你还有一年就毕业了，现在休学，太可惜了。"

哥哥说："凯军你还小，还是我去吧，我去找工作。"

李凯军说："哥，你才高一，高中没读完，到哪儿能找到工作？"

弟弟说得都在理，哥哥、姐姐没法反驳。

李凯军努力让自己的声音变轻松："哥、姐，你们别劝了，就这么定了。没啥，你们俩好好上学，不管谁考上大学，不都是咱家出的大学生吗？"

那一年，技校考试满分是500分，李凯军以425分、全校排名第五的成绩，成了一汽技工学校的一名学生。

李洪丹为人正派，乐于助人，在单位与同事们关系较好。他突然去世后，单位里平时与他交好的同事时常来家中探望。这一天，一位司机师傅来家里，听说李凯军选择放弃高中上技校，师傅也沉默了。一汽技工学校，当地人习惯上称为"一汽技校"。他明白孩子做这样的选择意味着要失去什么。过了一会儿，师傅问李凯军："一汽技校在哪里，你知道吗？你认识路吗？"

李凯军摇头："不认得。"

李凯军还真不认路，小学、初中的学校都在家附近，他虽然淘气，但都只是在家门口活动，还从来没有走出那么远过。

好心的司机师傅主动说："那个学校离你们家可挺远的啊，你又没出过远门。这样，你开学报到那天，我开车送你去。"

到了报到这天，司机师傅果然来了，还开着一台大解放卡车。原来他今天是要给单位跑运输，就提前出来，绕了一段路，把李凯军送到学校后，就在校外等着，等李凯军办完了报到手续，又开车把他送回了家。

学校不能住校，第二天就开学了。司机师傅不可能天天来接送，李凯军还得自己想办法。

地图上显示，当年从李凯军家到一汽技工学校的理论距离是 17 公里。这里说的是理论距离，还不包括弯道路线的差距。

对于一个 16 岁的孩子来说，这个距离的确太长了。

有公交车，换乘两次后可以到达，下车后走不多远就能到。但是，坐公交车需要买票，每天来回两趟，一个月下来，就是一笔不小的开支。这个时期，全家的月收入只有母亲的 80 元工资。全家四口人，吃穿用度，米面柴油，学费、书本费等，不管如何节俭，还是入不敷出。母亲的身体一直很弱，但是，她一个鸡蛋也舍不得吃，家里的细粮也大部分换成了粗粮。

李凯军把家里一台旧的二八型自行车收拾出来，每天骑车上学。

虽然去过一趟学校了，但那是坐在汽车上，路途远，岔路多，加上汽车走得快，李凯军还是不完全认识路。当年没有导航，也没有城市交通图（有地图，他舍不得买），于是李凯军就想了一个办法。

李凯军早早地出门，先到离家最近的公交车站去问路。公交车司机态度很好，详细地告诉他坐几路车，在哪里转车，等等。李凯军记下了，就骑车跟着那趟公交车。可是公交车的速度快，他骑车的速度慢，跟了两站，就把公交

青年李凯军

车跟丢了。他就停下自行车，在公交车站等。下一辆公交车来了，他又跟着走。这样连续换了三辆车，他终于到了学校。

跟着公交车走了一周后，李凯军基本上把线路摸清楚了，从第二周开始，他就不用跟车了。

其实李凯军知道，公交车走的路线是会绕圈子的，一定还有更近的另一条路，可他不敢随便更换路线，生怕自己又找不到了。到了“十一”国庆节，他利用放假的时间，重新把上学的线路摸索了一遍，总算找到了一条相对理想的路线。路程虽然有所减少，但还是很远。李凯军从此开始了骑车上学的历史。

无论天气好坏，他都是骑车上学放学。很快冬天来临了。长春的冬天极寒冷，风大雪多，地面常常结冰，李凯军穿着件旧军大衣，一路上不知道要摔多少跤。等他到教室门口的时候，贴身的衣服早湿透了，头上的帽子连同眉眼都凝着厚厚的白霜，看上去像一个白发老人。

骑在自行车上穿过城市的大街小巷，李凯军的心情很平静。李凯军并不抱怨命运。他经常想的是，自己每天节省下来的几毛钱，到了月底，就能给母亲多换几个白花花的鸡蛋。

骑车上学的漫长路途中，也时不时会发生一些状况。有一天，在放学的路上，自行车的车胎被硬物扎破了，车胎很快就瘪了下来。离家还有十多里路，李凯军推着车来到路边一个修自行车的小摊点，上前问费用。修车师傅看了看他的车况后，报了一个价格。

李凯军把手伸进口袋摸了一下，再拿出来时，手心还是空的。李凯军对师傅说道："算了，我回家去自己修吧。"李凯军推着车子离开，他并没有走远，而是站在几米外的地方，又看了一会儿。

李凯军口袋里其实装着些零钱。因为他上学离家远，母亲让他每天在身上带着一点钱，以备不时之需。但这点钱，他在口袋里装了几个月都舍不得花一分。他决定自己回去修车，省下这笔修车费。李凯军对修自行车并不陌生，父亲在的时候，也时常自己修车。只是有些细节和程序他有些模糊了，所以他站在一旁又看了一会儿。

李凯军推着自行车开始步行回家。他担心瘪下来的车胎在地上摩擦后继续受损，就只一手推着车把，用另一只手提着车后座架，让车轮稍稍地离开地面。这样走出一段路后，他的胳膊实在酸疼得受不了，后半截路，他干脆把自行车扛在肩膀上走，一路上惹得行人不断地向他侧目。

回到家，李凯军立刻挽起袖子干活。他学着修车师傅的样子，把坏了的车胎拆下来。车胎上破损处的开口很微小，他没有专业的检修工具，就找来一个大盆，在盆里倒上水。车胎被一截一截地按没进水里后，破漏处会冒出小小的气泡。他找来旧轮胎，剪下一块轮胎皮，父亲留下的工具里有电焊枪、锡块、螺丝刀……都能派上用场。看见这些熟悉的工具，李凯军的鼻子酸楚了，他知道，如果父亲还活着，父亲一定会走过来帮着自己把车修好的。

李凯军埋头修车的时候，母亲李书琴从屋里走出来。她站在一旁，一声不响地看着儿子干活。母亲发现，才小半年的工夫，儿子长大了许多，肩膀宽宽的，神情很坚毅。

第五章 每回都得第一

在一汽技工学校上学的三年时间里，李凯军风雨无阻地骑了三年自行车，不管刮风下雨，寒冬酷暑，他从来没有缺过课。到毕业时，他骑自行车的水平几乎可以说是达到了炉火纯青的程度。

与骑自行车的水平一同飞速长进的，还有他的学业。

一汽技工学校起源于 1952 年，它的前身是第一汽车制造厂建立的长春汽车技术学校，是一所专门为汽车工业培养人才的专业技术学校。建校几十年来，伴随着中国汽车工业发展的脚步，学校形成了独具特色的职业教育体系，有着“汽车工业职业人才摇篮”的美誉。

后来成为“大国工匠”的李凯军，是长春汽车工业高等专科学校的骄傲。很多年过去了，当年给他上过课的老师们，仍然对那个身材瘦长、举止敏捷的学生印象深刻。他们记住的，不仅是李凯军永远满头大汗进教室的样子，还有他的专注和勤奋。老师们不约而同地都会使用同一句话来定义他们引以为荣的学生。

老师们说：

“那个学生，他在技校期间，每天苦练钳工技能。”

李凯军从选择了上技校的那天起，他就在心里对自己说：

“我必须要好好学习。”

客观地说，此时的李凯军心里并没有什么宏图大志，他只有一个朴素的想法，就是：“我只有好好学习，学到过硬的技术，才能帮着母亲支撑起这个家。”

李凯军在技工学校学习的是钳工修理专业。技校强调的就是动手能力，面对日复一日、单调枯燥的锉削、研磨等工作，别的年轻人很容易产生厌烦和抵触心理，李凯军却乐此不疲，只要到了学校，他就一会儿也不闲着，一天

2012 年 12 月，李凯军带徒弟们参加《特别关注》节目访谈

到晚地跟在老师和师傅屁股后面忙这忙那。谁说读技校不是一种命中注定呢？李凯军从小就爱捣鼓各种工具，手艺上的活儿，他比一般的孩子都在行。

李凯军是个头脑清醒的人，他非常明白，父亲不在，自己将来的人生，完全要靠自己去拼搏。学校的功课分为两大部分：理论和实际操作。老师通常的要求是懂理论，会操作。但李凯军对自己提出了更高的要求："理论要通，操作要精。"

从"懂"到"通"、从"会"到"精"，虽然只有一字之差，但达到的却是完全不同的两个层次。当然这需要付出的努力，更不能同日而语。在学校期间，李凯军抓紧一切时间学习。午饭后，同学们去午休了，他还在教室里学习模具结构知识；下午放学了，同学们都走了，他还在练习室琢磨技术，练习手法。

这天的操作课，老师布置的内容是拆解车床，要求将一台指定型号的车床全部拆解，然后再重新组装好。课程要求学生们通过拆解的过程，认识车床的结构、构成组件，以及各部分的工作原理。

学生们拆卸到一半时就进行不下去了，原因是车床负责传动部分的主轴箱里有若干传动轴。出于车床工作时的安全要求，这些传动轴都被固定得很结实，轻易拆不下来，需要使用特制的铁制手锤击打才行。

班上的同学都是十几岁的孩子，在家时几乎从来都没干过活儿，更谈不上抡铁锤了。因此，大多数同学握着工具，却不知如何下手。负责带实习操作课的班主任老师见状，摇摇头，说同学们的锤击基础不行，锤击力度不够，就让大家先离开车床，从基础的锤击练习做起。

锤击练习在另外一个练习室，老师给同学们做示范：固定好一根标准尺寸的钢棍，用手锤击打錾子，在限定次数内将固定好的钢棍敲断。以击打次数为计分标准。老师给出的标准是：

击打 12 下，将钢棍敲断，60 分，及格。

击打 8 下，将钢棍敲断，80 分，良好。

击打 5 下，将钢棍敲断，100 分，优秀。

就这样一个科目，老师给出的练习时间是：一个月。

很多同学不理解，就这么一个简单的抡手锤的动作，为啥要练习这么久。过了些日子，一些同学就懈怠了，隔三岔五地来练习室练习一下就算是应付了。

2021 年 12 月，班组获得奖项后拍的全家福（右一为李凯军）

李凯军是个踏实的学生，他坚持天天练习。第一周，他小心翼翼地挥锤，左手虎口还是被砸得肿起老高，骑自行车都无法握住车把手。第二周，虎口肿起来的地方再次被砸伤，他连续两天无法再练习。但他还是去练习室，坐在一旁，一边单手挥锤，一边动脑子琢磨，比较落锤的位置，研究手锤挥动时的行进轨迹。渐渐地，他悟出来了：抡手锤这个看似简单的动作，内容却丰富，这个动作要做得完美，涉及多个方面，它考验的不仅仅是击打力度，还有发力方式，发力技巧，挥锤速度，握件稳定力，手臂对力量的掌控力，眼、手配合的反应力和协调性，以及心理稳定性，等等。

一个挥锤动作，训练的是钳工的重要基本功。

李凯军连续几天回家来，左手都是红肿一片，甚至有一天，手肿起的地方裂开了，吃饭都只能用一只右手。

母亲伤心地流泪了。她觉得孩子是为了照顾家才做了这样的选择，而这双手，本来是应该在高中的教室里安安稳稳地握着笔的。

李凯军笑着安慰母亲：“妈，您别难过，没事的，又没伤到骨头，过几天就好了。我一定能学出来的。”

第三周，李凯军左手的虎口虽然仍经常受伤，但手锤在他手中已经得心应手了。

功夫不负有心人。一个月的时间到了，班主任老师来考试，李凯军抡起手锤，连续挥动，只用了三下，就将钢棍敲断了。老师满意地打分：

满分。

李凯军从小喜欢摆弄工具，有悟性，有天分，也有一定的动手能力，但真正弄懂弄通机械的原理、构造，掌握实操技能，还是得益于他在技校接受的专业系统学习，以及严格的实操技能训练。尽管上技校是李凯军迫于家庭原因无奈的选择，但是入学后他很快发现，他所研修的专业与自己的兴趣爱好和天赋形成了良好的契合，因此他越学越爱学，越学越会学，不仅掌握了理论，更掌握了方法，在功课方面如鱼得水，尤其是表现出了格外不一般的实际操作能力。技校三年的实操课，李凯军回回都是第一名。因此，他也每个学期都能获得奖学金。

经历了系统的训练，加上自我的严格要求，三年在校的学习为李凯军打下了良好的基础，对他的一生影响重大。

第六章 老周师傅睁大了眼睛

1989 年，19 岁的李凯军以优异的成绩从技校毕业，来到中国一汽。当时它叫作“中国第一汽车制造厂”，也就是今天的中国第一汽车集团有限公司的前身。

在中国的汽车工业历史中，中国一汽是一个里程碑式的存在。

新中国成立后，为了发展中国的汽车工业，由党中央部署，1953 年 7 月 15 日，在吉林省长春市奠基兴建了新中国第一家汽车制造厂。经过短短两年建设，中国第一汽车制造厂就建成投产，毛泽东亲自题写了厂名。从此，中国人“造自己的汽车”的愿望从梦想照进现实。

一汽的建成，开创了中国汽车工业的历史。1956年，新中国第一辆卡车制造完成出厂，解放不久的中国人民怀着对党中央的无比热爱之情，给这种卡车起了一个响亮的名字——“解放牌”。从那时起直到今天，在国人的心目中，卡车除了“解放”，没有第二个名称。

继“解放牌”卡车之后，一汽又于1958年制造出新中国第一辆东风牌小轿车和第一辆红旗牌高级轿车。

一汽开创了新中国汽车工业从无到有的新纪元，经过70年的发展，已经成为国内最大的汽车企业集团。

一汽肩负中国汽车工业发展重任，经历了建厂创业、产品换型和工厂改造、上轻型车和轿车几次大规模发展阶段，产品生产由单一卡车向轻型车和轿车方面发展。

李凯军是幸运的，他一毕业就来到了一汽，并赶上了一汽腾飞发展的时期。

新员工李凯军走在工厂的园区里，眼前生机勃勃的景象深深地感染了他，刚刚成为汽车工人的他暗暗发誓：“虽然只是一名钳工，但我要做一汽最好的钳工。”

正当李凯军摩拳擦掌、雄心勃勃地准备在岗位上大展

25 岁的李凯军，风华正茂的青年标兵

拳脚的时候，没承想现实给了他一个不大不小的下马威。

李凯军在技术学校学的是设备维修，属于机修钳工，上班后，因为工作需要，厂里安排他做了模具钳工。虽然都是钳工，但二者的工作内容大不相同。机修钳工，顾名思义，工作的内容是修理，是在原有设备的基础上调整完善，一般是以小组为单位展开工作。而模具钳工是以制造为主的，是“从无到有”的过程，每个人独立负责部分或者全部工作内容。李凯军在学校时没有接触过这个专业，上班伊始，面对陌生的模具和陌生的工作流程，他傻眼了。在学校时如鱼得水的好学生，到了新单位竟然有些手足无措。

跟李凯军一同分到工厂的同班同学还有几个。上班第一周，他们发现，这个平时欢蹦乱跳、爱说爱笑的同学竟然像变了一个人，年纪轻轻的小伙子从早到晚闭着嘴巴，不声不响地跟在师傅们的身后。

同伴们并不知道，表面上沉默的李凯军内心里像揣着团火，烧得他坐立不安。他心里着急，身体也跟着出了状况，他满嘴都起了大疱，真是一波未平，一波又起。按他自己的话说，叫"上大火了"。看着小儿子上班以后，每天早出晚归，回到家更是沉默寡言，连饭都吃不下，母亲李书琴心里又难过又心疼。她知道，儿子是工作压力太大了。

多么懂事的孩子，年纪轻轻就承担起家中的一部分重担。母亲能做的只是第二天天不亮就早早地起床，慢火细炖地给儿子熬一锅小米粥，拌了剁得细碎的腌雪里蕻（也叫雪里红），默默地装进儿子的饭盒里。

李凯军并不怨天尤人，他骨子里有一股不服输的劲头。模具制造涉及车、钳、铣、刨、镗、电焊等技术，只有全面掌握了这些技术，工作起来才能融会贯通，得心应手。面对这么多要学的东西，李凯军充分利用每一分钟，一项一项地去攻关。有关的书籍、资料，他翻看了一遍又一遍，他对自己的要求是："理论上要弄通，操作上要练精。"他白天黑夜地扑在车间里，不管是不是自己分内的活儿他都跟着看，跟着学，随时随地请教懂行的老工人、老师傅。下班了，工友们都走了，他还在那里东摸摸西看看。他拿出了在技校练习抡手锤的耐心，天天跟着师父蹲在各种模具里，一边看，一边自己在手心里比画。师父下班走了，他把模具拆解开，每一条边、每一个截面都再细细琢磨。经过不懈的努力，他还先后自学了机械原理、机电一体化等多项课程。

技校学习时打下的扎实的基本功这时起了重要的作用，李凯军足足花了三个月的工夫，终于让自己从外行变成了内行。

工作通顺后，李凯军嘴里的燎泡也神奇地消失了。他的饭量跟着技术突飞猛进，个头也随之蹿了起来。某天傍晚他下班回来，天色已晚，母亲惊奇地发现，儿子进门时居然需要低头了。

李凯军可不满足于只是亦步亦趋地跟在老师傅身后，

他爱思考，很快就意识到，制作模具，钳工就是一个指挥官，要参与从前期设计到最后拼装的所有流程，"是需要动脑筋的"。

到了四五个月的时候，李凯军的进步引起了工长的注意，他开始有意识地把一些工作交给这个年轻人。

第六个月，工长只需要交代任务，具体工作基本上可以放手由李凯军独立完成了。

李凯军上班到第七个月的月底。这一天，工长过来招呼他说："凯军，你小子下个月出徒吧。"

"啥？"李凯军一下子居然没反应过来。

按厂里的规定，技校毕业生进厂上班，需要有一年的试用期，也就是要做一年的学徒工。现在自己才刚上班七个月，就能出徒了？突如其来的喜讯让李凯军喜出望外。他这才明白，为啥这段时间以来，工长经常会转到自己的工作台位跟前，一遍又一遍地检查自己的工作，原来自己的情况工长全都看在眼里了。

厂里新来的一个小伙子，上班才七个月就出徒了，足足提前了五个月。这件事在厂里传开后引起了不小的轰动，有人羡慕，有人不解，也有人不服气。

成为正式工人之后，李凯军接到的第一个任务就是一个大活儿：CA141 汽车发动机侧盖板模具加工。

CA141 是我国第二代载货汽车产品的代表，它结束了老解放“三十年一贯制”的历史。这套模具技术要求高，尺寸误差小，因为模具有一个侧面呈半圆形，所以就连一些干了几十年的老师傅都认为这是一项难干的活儿。从体积上来说，在当时“CA141 模具”算是厂里的一件中大型模具了。

通常，在截面加工复杂程度相近的情况下，模具的体积越大，工作难度就越高。而且，因为模具体积大，铸件成本相应就高，如果在铸件过程中发生问题，厂里也会有较大的经济损失。因此，出于技术和经济考虑，中大型模具的任务通常由资深的老师傅完成。因此，当听到“CA141 模具”这项工作交给了一个进厂不久、刚刚转正的小青年时，厂里不少人都产生了怀疑：这个年轻人，他能完成这么重要的活儿吗？

压力是可想而知的。

但李凯军是个不服输的人。

不知道是因为年轻单纯，还是太过集中精力，对那些质疑的声音和目光，李凯军居然一点儿也没放在心上。他心中只有一个念头：“一定要把活儿干好！”

李凯军的做法是：按照任务周期倒计时，将工作任务一一详细分解成若干步，每一步需要多长时间，具体到每一周、每一天要干什么。然后自己给自己定计划。他的计划很详细，也很简单：今天不管干到几点，自己定下的计划必须得完成，不完成不能走，干完了才能下班。

"CA141 模具"一共由四部分组成，即一个整体模具由四个分模块组成，其中两块是静模，两块是动模。

"CA141 模具"李凯军一个人一共干了两个多月。

与李凯军的工作台相邻的两位工友后来回忆说：那两个月里，虽然他们的工作台与李凯军只隔着数米，但他们不知道李凯军每天几点上班，几点下班。因为，在两个多月的时间里，工友们早上上班时，看到李凯军已经穿着工作服站在钳台上工作了。下午下班后，工友们离开时，看见他还站在那里工作。

模具完成后，李凯军并没有马上交上去，那天，他又花了半天的时间，把钳台擦干净，工具收拾得整整齐齐。他把模具的每一处都擦得干干净净，摆在钳台上，然后用一块早就准备好的、洗净晾干的抹布，把模具严严实实地盖上。之后，他才去找质量检查员。

在模具车间，工人们的每件模具制作出来后，都需要由质量检查员检查验收，只有验收合格后的模具才算完成工作。

来验收李凯军模具的质量检查员老周，五十多岁了，是厂里最资深的老师傅，干了三十多年的钳工，经验丰富，德高望重。周师傅并不是东北人，性格也与豪爽的东北人不同，他说话稳，行事不徐不疾，喜欢把未点燃的烟卷放在嘴角边叼着（当时车间并没有禁止吸烟的规定）。

李凯军在前面带路，质检员老周师傅在后边跟着，还

工作中的李凯军

是那样一副不徐不疾的样子，嘴角叼着烟卷，手里拎着把卡尺，这是他工作时的标配。

李凯军恭敬地搬来椅子，让老周师傅坐下，说：“周师傅，请您给看看我这活儿……”说完，李凯军取下模具上盖着的抹布，自己后退一步，垂手站立一旁。

“那是我出徒后第一次独立完成一件工作。当时我不认识周师傅，他也不认识我。我站在那里，看着周师傅朝椅子上一坐，一副老太爷的样子，心里头七上八下的……”

当李凯军取下抹布，露出钳台上模具的那一刻，好像一道光闪过，老周师傅一下子睁大了眼睛，身体立刻坐直了。

老周师傅凑到模具跟前很近很近的地方，大睁着眼睛，举着卡尺从上到下，从里到外地检查了一遍又一遍。过了好久，老周师傅一声不吭地放下卡尺，站起身，走了。

周师傅一言不发地走了，李凯军有点摸不着头脑。从内心里来说，他认为自己做出的制件还是可以的，但毕竟没有得到结果，他还是有些不安。他在原地站了几分钟，正在思考呢，就见工长兴高采烈地一路小跑着过来，冲到他跟前，大声地说道：“凯军，凯军，周师傅给你的活儿打了‘一等品’！”

工长话音刚落，周围的工友们便都围过来了，不一会儿，李凯军的身边就围了好多人。大家里三层外三层地围着，都凑上来说：

“我看看……”

“让我也看看……”

20 世纪 90 年代初，厂子还处于计划经济时代，第一汽车制造厂在汽车行业有得天独厚的优势，没有产品销售的压力，工人们的工作酬薪是“基础工资 + 计件”制，因此，厂里给出的工作标准是产品合格即可。一向严苛的老周师傅，竟然给一个刚进厂不久的毛头小青年的活儿打了“一等品”，别说是工长，连厂领导都觉得，这简直是破天荒了。

老周师傅后来感慨地说：“作为老检查员，我已经很久没有看见过一等品的制件了。”

按规定，“一等品”的制件是有额外奖金的，一个工时多加 8 分钱。这个制件核算下来的总工时是 400 个小时，而实际上，李凯军花在它上面的时间远远不止这个数。因此，李凯军也得到了一小笔奖金：32 元。

至于老周师傅那天为啥一声不响地就走了，很久以后李凯军才了解了内情。好几年以后，李凯军工作时间长了，与老周师傅打交道多了，两人已经熟悉了起来，有一天周师傅对他说：

"小李，你知道吗？我第一次来给你检查的时候，是想给你个下马威的。我知道你才七个月就出徒了，就寻思，我得好好地、严格地检查检查你这活儿。你一个年纪轻轻的小伙子刚进厂，可不能让你这么翘尾巴，钳工这个工作，需要踏实的工作精神。可是你把那模具朝我面前一摆，我就服气了。"

老周师傅是行家，他用眼睛一瞄就看出，这件东西不仅仅是合格，简直是完美，不仅制件的各个尺寸完全合乎要求，所有的边角还处理得圆正光滑，而且每一个截面，甚至凹槽内的截面都处理成了镜面——像镜子一样平整光洁，光可照人。显然，李凯军从第一道工序开始，就是精益求精的态度，不做表面功夫，每一道工序，每一个表面，甚至每一处折皱，都做了精细处理，用铲刀和锉刀一点点地仔细打磨。如果在任何一个环节上稍稍放松一点，都不会有这样的效果。

资深的质量检查员老周师傅从内心里服气了，因此他什么话都不必说，起身就走了。

那天在李凯军的工位上，很多工友见识了他的这件“一等品”。人人都啧啧称赞，之前有些人对于李凯军能提前出徒还有疑惑，这一回，亲眼见到了他做出的活儿后，大家都心服口服。最高兴的当然还是工长，工长无不得意，也无不骄傲地说：“好小子！真给我长脸！”

这套模具是我国第二代载货汽车产品的代表，成为国产中型货车中的第一个国优产品。

那天，两个多月没按时回家的李凯军破天荒地正常按点下班回家了。他骑着自行车，一路唱着歌，跟了他几年的旧自行车被他骑成了歪七扭八状。

所有人都认为，李凯军是因为得了 32 块钱的奖金而兴奋不已，只有他知道，是这件制件的成功给了年轻的自己巨大的信心。这个刚满 20 岁的年轻人在心里暗暗地下定了决心：

“从那一天起，我就跟自己说，我以后的活儿就是这标准。”

李凯军说到做到，从那时起，他一直按优质的标准要求自己，从来没有放松过。

当时，年轻的李凯军还没有意识到，他的这种高标准为自己创出了“品牌”。

在装配现场分析模具装配关系（左一为李凯军，左二为刘岩，右一为于巍，当时是工长）

李凯军在厂里出名了。工友们都知道，他“手上功夫好”，有点啥事，都爱找他帮忙。今天有人找他打把菜刀，明天有人请他修理个进口打火机，还有人家的搓子不好使了……

李凯军来者不拒，大小物件都愿意做。上班忙工作，下了班他就做这些大大小小的玩意儿。别人都道他是个热心人，只有李凯军自己知道，他是拿这些东西来练手。他爱琢磨，做事又认真，一来二去，手上的功夫越来越强，连厂里的老师傅都说，经李凯军的手做出来的物件，个顶个的漂亮好使。

第七章 汗水浇开幸福花

李凯军的人生真正开始闪闪发光，是在 2000 年。

印证他闪光人生的，是一张照片。

这是一张有故事的照片。

照片拍摄的时间：2000 年 8 月 16 日。

地点：沈阳。

这一年，世界技能大赛（又称世界技术交流大会）将在国内举办，有关部门让长春市推荐选手。在此之前，李凯军在长春市举办的职业技能竞赛中获得了钳工组第一名，所以，长春市推荐李凯军作为世界技能大赛的选手参赛。

20世纪40年代，“二战”之后，百废待兴，多个国家出现了技术工人短缺的情况，一些有识之士意识到，应唤起民众意识，使青年、家长、校方和企业相信：高效的职业培训体系有助于构筑他们的美好未来。而组织竞赛就是一种有效的方式，通过参与竞赛激发青年人学习职业技能的兴趣和热情，同时也能使观众增加对各种职业的了解。世界技能大赛也就应运而生。大赛的宗旨是通过成员之间的交流合作，促进青年人和培训师职业技能水平的提升；通过举办世界技能大赛，在世界范围内宣传技能对经济社会发展的贡献，鼓励青年投身技能事业。改革开放后，我国也积极参加了相关性质的职业技能大赛。

来自全世界8个国家和地区的121名钳工选手参加了大赛。李凯军代表长春参赛。2000年8月16日，大赛在沈阳举行，考试的方式是现场考核，在规定的时间内完成规定的任务。

考题是从国际奥林匹克技能大赛题库当中抽出来一套题，要求完成的整个组合件有上百个尺寸、八十多个配合面。考官给出的完成时间是七个半小时。可到了考试结束时，121 名选手中仅有 4 人上交了完成件，其余的选手都没能在规定时间内完成。可见题目非常之难。

李凯军荣获亚军。

这是一汽集团在世界级大赛中第一次获得如此高的荣誉。

李凯军一时声名大噪。

李凯军载誉归来，厂里要发消息表彰，工会负责宣传的同志来找他，问他要参赛的照片，他却双手一摊说：“没有。”

“一张也没有？”

“一张也没有。”

工会的同志摇摇头，表情遗憾地走了。

当时的李凯军，头上还没有诸多荣誉的光环，受家庭条件限制，他也没有相机。2000 年时期的手机，还没有拍照功能呢。

比赛那天，李凯军穿着一件普通的工装，工装挺旧了，上面没有任何标识。没人陪同，也没有拉拉队员，他一个人就揣着两瓶水进了赛场。

比赛场地是位于沈阳某单位的一个空置车间。选手们进入后，领了任务。裁判看看表，时间到了，一声：“开

汗湿透背下的坚守

始！”大家分头投入工作。

比赛时间长达七个半小时。这期间，选手们不时地走动。记者们成群结队地进进出出，闪光灯不停地闪烁。

只有李凯军一声不响，一个人静静地守在自己的工作台前。这么长的时间里，他未被别人影响，就只是盯着自己面前钳工工作台上的制件。实在累了，他就改变一下加工的内容和方式。

他是那么安静、沉着，一副胸有成竹的姿态。

终于有一个记者注意到了他。

8 月是沈阳最热的时节。李凯军上半身的衣服全部湿透了，裤子也湿透了。汗水顺着他的脸庞、裤腿不断地往下滴，在他脚边聚成了两小片水汪。按后来那位记者说的话：好像一盆水泼在他身上。

浑身湿透的李凯军却全然不觉，他全副身心专注投入的神情深深地打动了记者。完全是下意识地，闪光灯一闪，那位记者按下了快门。

李凯军后来说，那天他一心只在完成考题上，几乎连饭都没顾得上吃，只是喝水，不断地喝，一共喝了 12 瓶矿泉水。

那位记者拍完照后，看看离比赛结束的时间还早，他就去往其他场地了。等他再次回来时，比赛结束，人都走光了。

晚上，那位记者回到家整理底片时，又看到了这张照片。照片上小伙子的神情再次打动了记者。记者这才反应过来，自己还不知道这位全神贯注、全身湿透的小伙子叫什么名字呢。他又用放大镜仔细地看了看，照片上的小伙子身上穿的是普通的工装，没有任何标识。这样一来，记者也无从查找他的身份。但他还是把这张照片留了下来，存进了存储卡的资料夹中。

大约半年后，李凯军被评为劳动模范，媒体纷纷来到一汽铸造模具设备厂进行采访。其中就有比赛那天给他拍照的那位记者。

在李凯军的钳工工位前，这位记者又看到了李凯军。

李凯军还是老样子，埋头做自己的事，任记者们在一旁咔咔地按动快门。媒体群中的这位记者盯住了李凯军，记者发现，这位年轻人那双专注的眼睛，那种投入的姿态，自己太熟悉了。

“这小伙子我眼熟，”记者对李凯军说，“你参加过世界技术交流大会的比赛吧？”

李凯军点头：“对，在沈阳。”

“我可找到主人了！”记者笑了笑说，“我应该有你的照片。”

记者立刻翻找相机中的存储卡，划动手指飞快地翻着，存储卡中有数千张照片，但那张照片他记忆太深刻了，所以很快就找到了。记者把照片定格在镜头上，拿给李凯军看：“是你吧？”

李凯军看着照片也笑了，照片上的小伙子的确是自己。

运动场上的李凯军

他抬抬左手臂，指着照片上的一个位置说：“是我，你看，手表都是一样的。”

记者这才知道，他无意间拍下照片的这个小伙子，竟然就是那次大赛的亚军。

几天后，多家报纸媒体在醒目位置刊登了这张照片，还以《汗水浇开幸福花——一张迟发的新闻照片》为题发表了一则通讯。几家行业期刊还用它做了封面或者压题照片。

李凯军很喜欢这张照片，他认为这是对自己工作状态的真实写照。

第八章 老厂长伯乐识马

1999 年，一汽集团公司作出了整合铸造资源的战略部署，成立了铸造公司，下设若干铸造厂、研究所和一个铸造模具设备厂。年末，李凯军所在的铸造模具设备厂来了一位新厂长。新厂长名叫于永来，是一名全国劳动模范。

第一次见到于永来的人，并不觉得他与其他人有什么不同。于永来外表很谦和，身材微胖，个子不高，语气亲和，给人一种很慈祥、很温和的感觉。直到李凯军真正了解了于永来之后，他才知道，老厂长是个内心多么强大的人。

于永来的到来，为铸模厂创造了变革的环境，也给了李凯军改变自己人生的机遇。

这一时期，工厂已经改制，由过去的国营单位变成了企业，生产性质也由以往的计划经济转入市场经济，主导产品是铸造金属模具、压铸模具、锻模等。转型后的工厂由于设备老旧，面临很大的挑战，厂子一度运转情况不理想。于永来上任后，充分意识到工厂面临的严峻处境，他下决心要变被动为主动，从过去的“等米下锅”变成“找米下锅”。一方面，他对外加强联系，广开客源；另一方面，对内打破传统模具加工式类型的限制，加强对员工的技术要求，在全厂开展生产技术比赛，鼓励员工积极进取，提高技术水平。

为了给厂子打开市场，于永来经常带领企业负责生产和销售的人员，去相关单位调研，开发市场，寻求合作。这一天，他们来到东方压铸有限公司。这家工厂在业内颇有些名气，生产出来的产品供不应求，车间一片热火朝天的繁忙景象。

压铸公司领导听说来的是“一汽”的人，就同意接待，并且说：“我们目前有一套新型模具——发动机点火线圈支架模具，是专供奥迪某型车的，是被我们厂列为重点的一个新产品，因为制作工艺复杂，我们自己的技术设备力量有限，正在寻求可以承接制作的生产厂家。"

原来，这个在国内压铸行业中被称为"小巨人"的企业，之前已经在模具业发达的南方沿海城市转了一大圈，找了许多模具厂家，都没人敢接这个棘手的活儿。

于永来马上介绍自己工厂的情况，说希望对方能考虑一下。

一番交流后，东方压铸有限公司的领导抱着试试看的态度，把这套模具的制作图纸交给了于永来，并且限定了工期。

于永来把图纸带回来后，和技术人员一起分析研究。果然如任务方所说，这种模具的确不一般，制作工艺复杂，很有挑战性，几位老师傅看了，也迟疑不语。

于永来把厂子里的工人情况挨个摸了个底，刚刚获得世界技能大赛亚军的李凯军很快就进入了于永来的视线。

于永来思考了两天，决定把这项工作交给李凯军。于永来带着图纸亲自来到李凯军的工位前，言简意赅地说了几句话：

"这是人家对我们的考试，这件事对我们厂的重要性我

2016年，在钳工比赛中担任执裁的李凯军（左二）

就不多说了，怎么样？"

李凯军接过图纸，打开来看，他不说话，手指在图纸上来回划着，看了足足五分钟后，他说："行，我干！"

于永来拍拍李凯军的肩膀，语重心长地说："好好干。有困难随时找我，我们一起攻关。"

于永来落在李凯军肩膀上的巴掌并不大，也没有用力，但李凯军感受到了其中蕴含的希望，还有落在自己身上的压力。

这是铸模厂走出计划经济体制进入市场经济后，在社会上承揽的第一套模具，它决定着铸模厂能否在激烈的市场竞争中拥有一席之地。李凯军始终感谢老厂长于永来的"伯乐识马"，他把这么重要的事情交给自己这样一个年轻的工人来做，是顶着巨大的压力并且承担了很大风险的。

接下任务后，李凯军就开始工作。

"一等品"事件后，李凯军在心里对自己设定了一个标准，并说到做到，一直以来，不管活儿重活儿轻，无论大件小件，他一直以同样的标准要求自己。这也是为什么于永来会把这么重要的任务交给他。

因为这件模具太重要，任务交给一汽铸造模具设备厂后，压铸公司的领导还是不放心，就派了一位领导带着技术总监专门跑来检查。他们事先没打招呼，来到厂子后，于永来也并未通知车间，而是带着他们直奔车间，径直走向李凯军工作的钳台。

隔着还有七八十米的距离，压铸公司的领导就看出，正在操作中的工人是位不过刚三十出头的年轻人，细手长脚的身材，面皮嫩生。领导的潜意识里，这么重要复杂的工作应该是资深的老工人师傅做才对啊！于是，领导的

2008 年 5 月，李凯军在东汽地震灾区进行技术援助

脸色就有些不好看。于永来也不解释，继续带着他们走到跟前。

他们那天来的时候，正赶上李凯军在处理一个棘手的问题：他正在手工抠一个小部件。这东西是个半圆搭子，只有拇指大小，位置又处于机械加工的死角，如果在金属模具上，可以用添加软金属的办法将凹面填平测量定位点来完成，可这东西偏偏要在石墨本体上加工，机械无能为力，就只能手工制作了。体积小、角度刁钻，这完全要靠手工操作者对实物的理解和一手钳工绝活来实现。

李凯军埋头在钳台上操作着。他在眼睛上戴了个放大镜，根本没注意到厂长来了，身边还站着两位陌生人。他在工作时一向全神贯注，注意力都在手上的工具和面前的制件上。

李凯军不抬头，于永来也不吱声。跟于永来一起来的领导和总监也都不说话，他们就站在一旁看着。

俗话说：外行看热闹，内行看门道。

李凯军这一手高超的技艺，内行的厂方人员当然能看出来，这一看，他们嘴上不说，心里却是服气的。

又看了一会儿后，领导像来时那样，一声不响地带头离开了。

李凯军继续平心静气地干活儿。看到厂长和客人走了，一旁的徒弟说："师父，刚才厂长带着人来了，你都没打招呼。"

李凯军这才抬起头说："是吗？"

徒弟说："咱这是不是没礼貌？"

李凯军想了想："不算吧？人家是来看产品的，又不是来看我李凯军的。咱们只要把活儿干好了，比啥招呼都管用。"

模具完成验收这天，压铸公司的人又一次来了。

对方公司派了一个分管副总来亲自带队，他带来了一个包括技术总监在内的庞大的验收团队。李凯军一看，嗬，好长的队伍！

李凯军也不含糊，他带着徒弟们在一旁也站成一排，大家把手和脸都洗得干干净净的。李凯军还是老做法，他把钳台收拾得干干净净，工具摆放得整整齐齐，制作完成的模具用一整块干净的大蓝布盖着。

对方公司的副总是第一次来。之前，关于这款新模具的情况，他虽然听相关的下属人员不止一次地汇报过，但心里也没底。不光是他，跟着他一起来的包括技术总监在内的所有人，都没有见到过实物，他们看到的都只是图纸。制作出来的成品会是什么样子，他们心里都没底。

一行人走近了，到跟前了，看到工作台上，一块不起眼的蓝布盖着个东西，从副总开始，众人心里就在打鼓了："干吗要盖着呢？难道是……"

所有人都用疑惑的眼神看着李凯军。

李凯军不慌不忙，等验收队伍的人全到齐了，站定

2012 年 9 月，李凯军在全国钳工决赛现场

了，他才走上前，伸手，“哗”地取下盖布，他又一次听到了一声惊呼“哇——”。

一件闪闪发光的模具静静地呈现在众人面前。显然，模具经过了成千上万次的打磨处理，所有的截面平整光洁如镜，每一道线条，每一处转角，都处理得丝滑圆润，边角清晰。与其说它是一个产品，不如说这是一件工艺品。在这件闪闪发光的制件面前，众人的眼睛也在闪闪发光。大家不约而同地心悦诚服地感叹：“不错！不错！真不错！”

李凯军要的就是这个效果。

车间里的工人们也都围过来了。因为大家都知道这一产品关系到厂子的声誉和下一步的发展，所以大家都很关心。

技术总监带着众位检验员围着制件转了几圈，上下左右一番测量检查后，一致打出了最高分。总监悄悄地对副总说：“我今天算是开眼了，瞧人家这活儿干的！”

副总也眉开眼笑，高兴得合不拢嘴。副总握着于永来的手说：“我们找对人了，你们能把一件模具干成这种成色，了不起。”副总当场表态：“这套模具就交给你们厂做了。而且，我们要在原有价格的基础上再追加一万块钱。

李凯军（中间拿本者）进行项目点评

以后我们公司的模具都交给你们厂。”

此言一出，在场的工人们都欢呼起来。

生意场上，关于价格问题，买卖双方向来是互相讨价还价，现在竟反过来了，还有买方主动加价的。一位老工人说：“我在厂里干了三十多年了，买方加价这种事情还真是第一次见。如果不是亲耳听到，我肯定不能相信。”

此后，东方压铸有限公司与铸造模具设备厂建立了长期合作关系，陆续签订了价值千万元的模具订单。

高技能人才评选表彰是国家对全国优秀技术技能人才的褒奖制度。1995 年，原劳动部会同 46 个行业主管部门和各省（自治区、直辖市）建立了“中华技能大奖”和“全国技术能手”评选表彰制度（从 1999 年以后改为两年一次），在全国范围内评选 10 名“大奖”获得者和 100 名“能手”。这一制度的实行，对加强高技能人才队伍建设，建立技能导向的激励机制，提升广大产业工人的获得感、自豪感和荣誉感，营造“劳动光荣、技能宝贵、创造伟大”的社会氛围，建设知识型、技能型、创新型劳动者大军发挥了积极作用。

“大奖”获得者涉及机械、煤炭、冶金、电子、航天、航空、兵器……几十个行业和上海、北京、天津、江苏、河北、辽宁、山东等22个省、自治区、直辖市。

2002年，根据《中华技能大奖和全国技术能手评选表彰管理办法》(劳动和社会保障部令第7号)的有关规定，经过企业申报，省、自治区、直辖市劳动保障部门及行业部门推荐，全国技能人才专家评审委员会评审，评选出了第六届中华技能大奖获得者、全国技术能手及获国家技能人才培育突出贡献奖单位。

"大奖"的表彰和奖励是我国政府对技术工人技术、技能水平的最高奖励，获得此奖项的人员是经过国家和省(行业)两级评审出来的本行业、本工种最高技术水平的突出代表。

2002年12月9日，劳动和社会保障部发布了"劳社部发〔2002〕24号"通告，公布表彰者名单。在"中华技能大奖"获得者名单中，有这样一行字：

李凯军　中国第一汽车集团公司模具钳工(高级技师)

李凯军也成为吉林省第一位"中华技能大奖"获得者。

李凯军到北京去领奖。当他站在红彤彤的领奖台上，接过鲜红的获奖证书和沉甸甸的奖杯时，他的心中感慨万千，在那一刻他突然看到了父亲——

父亲穿着雨衣，站在不远处，微笑着，看着自己。

李凯军泪眼模糊。

2002 年 12 月，一汽集团领导迎接获得中华技能大奖的李凯军（右三）

回到厂里后，厂里为李凯军举办了表彰大会。在会上，他做了获奖发言：

“我将以这次获得的荣誉为新的起点，再接再厉，积极进取，运用自己的技术技能，在工作岗位上为社会主义现代化作出新的贡献。”

李凯军是这样说的，也是这样做的。

载誉归来的李凯军很快就将面临人生中又一个重要的关口。

第九章 干出了一个『大家伙』

“大家伙”是李凯军和一汽铸造人对一套模具的简称和特指。对于如今的一汽铸造人来说，那套将近34吨重的大型模具已经算不上什么大家伙，但是在当年，对于他们来说，绝对是一个“大家伙”。

许多年以后，李凯军回想起2003年在制作“大家伙”那套大模具时的情景，他还是不免要感慨：“那时候，是真的不容易。”

在接下那件大模具的任务之前，李凯军所在的铸造模具设备厂，一直只能承接制作中小型模具。这是由厂里拥有的制作设备的条件决定的。

天车是铸造模具车间经常要使用到的一种机械，它主要用来起吊模件。模件是需要立体操作完成的，在制作过程中，天车会将模件旋转角度，或者移位。因此，天车的承重量决定了模件的最大重量。简单来说就是：天车能吊起多重的模块，决定你能够制作多大重量的模具。

当时，铸模厂的天车承重只有 10 吨，也就是说，能够

2003 年，李凯军工作照

承接的模型重量，不能超过 10 吨。但这套需要制作的大模具，却重达近 34 吨。

“你们只有 10 吨的天车，怎么敢接下这个活儿呢？”笔者向李凯军追问。

的确，厂里在刚拿到这个任务时，几乎所有人都提出了这个问题。

但是，厂领导的态度很坚决：“有条件要上，没有条件，克服困难，创造条件也一定要上。”

李凯军说：“决心要制作这样一个‘大家伙’，足见那时我们厂领导的远见。”

有着辉煌历史的中国第一汽车制造厂，在进入改革开放时期后，面临着市场大潮的严重冲击，许多新兴的民营铸造企业一夜之间崛起，纷纷抢占市场份额。“老牌”的一汽铸模厂，也同样要接受市场大潮的淘洗。厂领导深刻地意识到，不能再墨守成规等待国家的扶持，必须要变，要自我突破，自我站立。决定承接这项大型模件的制作，就是厂子变革与新兴的一次尝试。

理想是光明的，道路是曲折的。

“创造条件”谈何容易？天车的起重重量远远不够，这是一个实实在在的难题。如果重新购置新天车，按厂子当时的经济状况、车间场地情况都不允许，另外，时间上也根本来不及。

除了天车的硬件困难，还有技术上的难题：

这套模具是一个重型车的变速箱中壳，总重量33.5吨，工期短，质量要求却很高，有斜抽、直抽、齿条抽等共8个抽芯。这在以前，别说李凯军，连厂里最资深的老工人也没有遇到过。

好几天过去了，厂领导、技术部门的人员还是一筹莫展。

李凯军也跟大家一起研究图纸，思考对策。不过，与旁人不同的是，他上班时琢磨，下班了，他还在琢磨。车间里的人都走光了，他还趴在图纸跟前，皱着眉头思考。

李凯军意识到，虽然自己是个"手艺不错"的钳工，但是，要想完成这么一个体积大、程序复杂的模件，光靠手艺是远远不够的。厂里征求意见时，李凯军提出需要改变思路，跳出老旧的、传统的模式。

领导将殷切的目光投向了李凯军："你是钳工班长，'大家伙'就交给你了，带领大伙儿想想办法。"

有位工友悄悄地扯了扯李凯军的袖子，对他说："凯军，你得的那些个荣誉不容易，我们厂有你这么个典型人物也难得，要不还是算了吧，你别出这个头了，让别人去想办法吧！这个事情太困难了，万一弄不成，反而影响你的声誉……”

李凯军知道，这是工友对自己的关心和爱护。

李凯军意识到，他的人生之路上，面临着又一次重要的选择。

这个时期的李凯军，已经获得了多项荣誉，他是全厂的先进人物，也是一汽的劳动模范，多次在省内、全国的各项比赛中获奖，还是吉林省第一位中华技能大奖获得者。按工友们的话说，他是个“头顶上闪闪发光”的人物。眼前这项任务的困难尽人皆知，自己这时候冲上前去，如果不能很好地解决问题，影响的确很大。他只是一个钳工班长，按那位工友的意思就是，他不需要出头挑大梁，只要按部就班地把自己分内的事情做好就行了，谁也说不出什么，完全没有必要拿自己很不容易获得的荣誉去冒险。

在集体“大利益”和个人“小利益”之间，李凯军最终选择了前者。

李凯军有自己的坚持。在他看来，遇到困难就躲闪了，不符合自己做事的原则。与工厂的前途和发展相比，自己个人的荣辱没那么重要。

李凯军毫不犹豫地表态，同意带头去打这场难打的硬仗。

虽然李凯军提出要转变思路，他也知道思路决定出路，但是，思路变化之后，解决问题的方法是什么？又从哪里突破呢？

连续几天，李凯军寝食难安，他天天在车间围着图纸和模型打转。

厂领导很关心李凯军，晚上九点多，他们过来把李凯军“赶”回了家。

到家已经很晚了，爱人把冷了的饭又热了端上来，说：“饭要一口一口地吃，事情要一件一件地做，不管多大的事，得先把饭吃了再说。”

说者无心，听者有意。李凯军忽然心里一动，他三下两下地把饭吞下去，丢下碗，回到房间，又埋进图纸里。

星期一清早，李凯军早早地就来到厂里，等徒弟们来时，就看到他们的师父正趴在地上画图。他把整件图纸分解成几部分，又把每一部分的图纸放大，大到不用戴眼镜抬眼就能看清。

传统的制作方法，是在一整块型材上一次装配完成，

2016年3月，李凯军工作照

因为天车承重不够，使用传统的一次成型法肯定不行。经过仔细分析模具结构和装配关系，李凯军想出了对“大家伙”采用“化整为零”“分步合成”的办法。即把一个整块模块拆分成几个部分，每一部分独立完成后，再分头进行装配。虽然思路是有了，但是具体操作起来，还是不那么容易。

模块分解后，会有新的问题出现：分体研配，要求每一单体的精度必须足够高，从而保证各分体配件间的积累间隙误差控制在允许的最小范围内。此外，还有安装次序问题、定位问题等，所有各个环节各个层面必须提前考虑周密，任何一个小小的疏漏都会导致整件模具失败。

改变的探索和过程并不那么容易，李凯军也经历了一次次的失败。没有人知道他熬过多少个难眠之夜。

李凯军既得益于多年丰富的工作经验，又得益于他爱思考，善于动脑的特点。为了解决“化整为零”后可能出现的新问题，他创新了很多新方法，如重心偏移起吊法、反向分体研配法、滑块与静模反配法、滑块与模具分装法、可移位柔性吊装法等，前后共有十多种改进方法。这不仅解决了难题，还节约了一半工期。

李凯军带着几个徒弟殚精竭虑地干了几个月，终于，

“大家伙”的各分体部分制作完成了，下一步就是整体装配了。

他们严格地计算了时间，决定在厂家指定的交货时间的前一周进行研配组装。但这时，他们又遇到了一个问题：铸模厂的工作面场地有限，施展不开，无法进行合成。还好，经协调，附近有家联合压铸厂，同意提供一个场地给他们临时使用。

约定的日期到了，李凯军带着人去看场地，他们人还没走近，就觉得“轰”的一下，一股热浪扑面而来。众人这才发现，对方答应提供给他们的场地，竟然是在一个熔化炉的旁边。

熔化炉是用来熔化铝水的，炉火熊熊，铝水在炉内翻滚，工作区域的温度达到了42摄氏度以上，而且现场的粉尘极大。

当时正值三伏天，李凯军在那里才站了十几秒，就满头大汗。

见此情景，徒弟们面面相觑，都把目光投向自己的师父：“怎么办？”

交货日期在即，没有退路了，李凯军把手一挥：“开干。”

有时天车被占不能用，李凯军就带着徒弟们用铁棍做

2017 年，李凯军（读稿者）组织班长会议

成担子，几个人肩扛、手抬地进行研配模块。

装配开始了，李凯军主操作，徒弟们在一旁配合。在40多摄氏度的滚滚热浪中，李凯军身上的汗珠像水一样连续不断地涌出。整整一天干下来，“大家伙”安装得很顺利，可李凯军的身体却吃不消了。

第一天干到半夜，大家都累坏了，倒下就睡了。第二天一早，李凯军来到装配地点，准备换工作服的时候，他突然“哎呀”了一声，徒弟走过来一看，吓得大叫起来：“天哪！”

原来，连续在高温的环境里工作了一整天，李凯军的后背被炉火炙烤出了一大片水疱，一个个、一串串水疱亮晃晃地堆积在他的背上，看上去煞是吓人。

徒弟们觉得心尖都在打战，一个徒弟哆嗦着手指，小心翼翼地伸手帮着李凯军把衣服撩开：“师父，疼不？”

“你说呢？”李凯军咝咝地吸着气，嘴里还在说，“没事，死不了人。”

“师父，赶紧上医院吧！”另一个徒弟说。

“扯呢！这会儿走人了，这活儿不干了？”李凯军说。

工期在即，李凯军不能走，也不会走。

李凯军带着大家继续干活儿。可背上的水疱被衣服磨擦着，弄得他实在痛苦。厂领导来了，也很心疼，很人性化地说："衣服不要穿了。"

李凯军还有点不好意思："领导在跟前，这不好吧……"

厂领导大度地说："没啥领导不领导的，现在我们都是工人兄弟。"

于是，李凯军干脆脱了上衣，光着脊背继续干。

到了下午，联合压铸厂的领导来检查工作，看到汗流浃背的李凯军光着膀子，又看了看他背上的伤，很感慨地说："真难为你了。"

这位厂领导拎起李凯军放在一旁的衣服说："这位师傅，你还是穿上吧！一来是安全生产的需要；二来呢，这地方粉尘太大，你背上的水疱都有破了的，伤口要是进了粉尘会发炎、化脓，那就更麻烦了。"

这位厂领导说得有道理，李凯军就把衣服又穿上了。

李凯军带着一后背的水疱，带领徒弟们连续工作了四天，终于将这套模具圆满装配完成。

厂家来验收，一次性通过。

模具交付运走那天，不值岗的工人全来了，厂领导也全数到场，车间里整洁如新，到处贴着红色标语，喜气洋洋的气氛，好像过大年。“大家伙”身上披着红色横幅，上面“一汽铸造”几个大红字格外醒目。工人们列队站在两侧，当运送这套“大家伙”的重型卡车缓缓地开始移动时，在场的所有工人都开始使劲鼓掌，并且大声欢呼。

“大家伙”在众人的欢呼声中缓缓地离开了。

人群中的李凯军没有大声呼喊，他咬着牙努力坚持站着。交接仪式一结束，李凯军就瘫下来，他的徒弟护着自己的师父，赶紧开车去了医院。

周围没有其他人了，在徒弟面前，当师父的可以不用顾忌那么多了。李凯军上了车，趴在车后座上开始哎哟哎哟。徒弟听了，着急得心慌，把车子开得踉踉跄跄的。李凯军疼得龇牙咧嘴，把徒弟一顿训：“你小子稳着点啊！”

到了医院，李凯军下了车，僵直着身体被徒弟绑架似的架进了急诊室。他的衣服已经跟伤口粘连到一起了，医生只能用剪刀把他后背的衣服剪开，看着眼前一片血肉模糊的伤口，医生摇头，生气地冲着他们吼道：“你们怎么回事？怎么到现在才来医院啊！”

徒弟眼睛红红的，哽咽着说不出话。

李凯军却笑着举起手说：“医生，医生，不要怪他们，是我自己拖延了。”

医生给李凯军的背上涂满了药，叮嘱他不能动，绝对不能沾水，一定要卧床休息。

李凯军这回不能不听话了，他老老实实地趴在床上，整整趴了八天。

李凯军制作完成的这套大模具，对一汽铸模厂来说是一个里程碑式的产品，它改写了铸模厂的历史，标志着一汽铸模厂的技术水平上了一个新台阶。

几个月后，另一台同样的"大家伙"——重达 30 多吨的模具压铸件，出现在上海国际博览会的展厅里，一举荣获了上海国际博览会金奖。

李凯军和"大家伙"一起，再一次披红挂彩。

第十章 高技艺带来大市场

大型压铸件“大家伙”在上海国际博览会上惊艳亮相后，一鸣惊人。

连续数日，放置“大家伙”的展厅前人头攒动。大批国内外模具制造商和采购商接踵而至，围着“大家伙”仔细打量。他们中，既有谈合作的，也有谈采购的。还有不少人是制造业的同行。

这一天，展厅里来了一群人，金发碧眼的样貌提示在场的工作人员，他们是一群外国朋友。果然，他们自我介绍说是来自加拿大的商人，过来"参观参观"。

领头的高个子男人，西装笔挺，文质彬彬，抱着双臂，在"大家伙"面前站了很久，前后左右、上上下下，看得格外仔细。

展览会之后不久，这天，李凯军正在车间里忙着，厂领导带着一群外国人走过来，他们一路走，一路看，很快就来到了李凯军的工位前。

厂领导介绍说，这几位外国朋友是加拿大的供应商，想在车间里看看。

打头的男人面熟，李凯军一看便想起，这是博览会上见过的加拿大商人。

李凯军带着他们在车间里走了一趟，西装商人跟着，不时通过翻译问几句话。在厂里转了一圈，各个加工现场都看过了，之后，他们再次来到天车跟前，站下了。

西装商人偏过头对翻译说了几句。

翻译问李凯军："你们上海展厅里的那个模具是在这个现场完成的吗？是你们干的吗？"

对方这样问，李凯军心里就有数了。

李凯军点点头，胸有成竹地说："是啊！是我们，就在这里干的。"

李凯军话音刚落，西装商人瞪大了眼睛，紧接着就大声叫起来，他指着天车，对着翻译，又对着李凯军哇啦哇啦地一阵输出。李凯军听不懂，翻译在一旁皱着眉头说：“李师傅，你确定是在这里，是在这个现场干的吗？”

李凯军说：“当然啦，我说了，就是我们，在这里干的。”

翻译的脸色不好看了，说：“我们老板说，你们这个天车是 10 吨的，而你们展出的大模具超过了 30 吨，你们在这里干这么大的模具是不可能的。”

李凯军自豪地笑了，说：“如果他想知道，我可以解释。”

李凯军于是就向对方解释，上次那个“大家伙”是先进行分体研制，然后再分头组装，最后完成的。当然，他只说了大致思路，涉及的具体环节，是属于企业的核心机密，是不会透露出来的。

李凯军一边解释，翻译一边翻，对方是行家，听得入了神，最后，频频点头。

李凯军最后说：“这台天车，我只在分模块的制作时使用。分模块完成后，最后的组装是在运输车上完成的。组装完成了，就直接拉走。”

对方的眼睛再一次睁大了：“那得一次组装成功，不能再有调整的。”

李凯军再一次自豪地说：“当然，每一个步骤，每一个环节，甚至每个点的定位，我们都做到了事先心中有数，组装就是实现的过程，不需要再来回调整。”

对方感慨地说道：“这就是中国人的能力！”

到了这个时候，这位加拿大西装商人就说实话了。

原来，这位加拿大客人是一位供应商，他有一套新型的汽车油底壳模具需要制作。那年中国的制造业在南方多有崛起，因此，在来一汽之前，他已经在南方的几个城市转了一大圈，去了多家企业参观，可结果都不令人满意。因为屡屡失望，跟着他跑了几个月的下属也情绪低落。

几天前，他们在上海国际博览会上见过一汽铸模厂的“大家伙”之后，又觉得有了希望，于是抱着试试看的心态，他对筋疲力尽的下属说：“我们跑一趟，去这家工厂看看。我保证，这是我在中国寻找的最后一家。”

此时听完了李凯军的介绍，加拿大客商说：“好吧，这套模具可以交给你们先试试。如果你们能干，我们就合作。但是，如果你们干不了，请尽快回复，我们会再找别的国家做。当然，我们以后再也不会来中国做模具了。”

最后这一句话，深深地刺激了李凯军。

一套模具代表的不只是价格和技术，还有中国人的骨气，中国制造业在国际行业中的地位。李凯军心里立刻有一团火烧起来，他当下就对领导表态："我就是拼了命，也要把这活儿干出来！"

李凯军真的是开始拼命了。

一件模具的制作，体积、重量是一个重要因素，但并不是唯一的因素。从体积和重量上说，加拿大客商想要制作的这套模具，并不比之前的"大家伙"大，总重量为22吨。但它在技术层面上要求很高，制作工艺十分复杂，这也是加拿大商人走了很多家模具厂，甚至有不少是大型模具厂，却没有人愿意承接的原因。因为前期这些加拿大商人四处寻找制作方，耽误了很多时间，到了李凯军他们厂这里时，工期已经很紧张了。

"没啥说的，哥儿几个，拼了！"李凯军对班组里的几位徒弟说。

从此，李凯军带领着大家加班加点、起早贪黑地干，他们不光没有节假日，连上班下班的时间也模糊了。他们吃住都在车间，实在累了，就在一旁的休息间里和衣躺下睡几个小时，醒来后用凉水冲冲脸继续上阵。

厂里的领导也很关心他们，经常过来看望，在李凯军班组晚上加班时，自掏腰包给这些小伙子买水、买饼干、蛋糕和方便面等，以补充体力。

厂里至今还流传着一个关于"方便面"的故事。

说是这一天，半夜了，厂领导过来看望时，看到几个小伙子坐在地上睡着了，脚边还放着盒装的方便面。领导把方便面盒拿开，发现里面的水已经凉了，面条都在里面泡烂了。

原来，李凯军和徒弟们加班，夜里饿了，想吃消夜，

2016年3月，工作中的李凯军

方便面加进开水需要泡几分钟，可就在这几分钟里，他们已经累得睡了过去。领导怕小伙子们吃凉面坏了肚子，此后，每次过来看望他们时，都要带着热水过来，亲自帮小伙子们倒水泡面。然后，等在那里，等面泡好了，领导端起来，大声招呼："小伙子们快过来，趁着热乎的时候吃！"

有了领导的关怀，李凯军心里更是憋着一股劲，工作上更是高标准、严要求。仅抛光这一个工序，他们就用了整整 30 天。工具用坏了一大堆，每个人的双手都磨出了厚厚的茧子。

这次制作中，李凯军又有了一些新的发明创造，他创新性地采用了三点定位平移法、无痕焊接修复法等新式方法，抢出了工期，在短短的四个月时间里，完成了全部制作。

真是好事多磨。明天就是正式交货时间了，谁也没想到，这最后一天里竟然又出了状况。中午一点后，李凯军和质检员在对模具进行检测时，意外地发现，有两个模具分体在合拢时出现了一个很微小的缝隙。

他们再一次仔细地检测后，确认了，的确存在着极微小的误差，测量出来的结果是，缝隙有 0.16 毫米。

这套模具的技术指标中规定：允许误差为 0.08 毫米。正常人一根头发丝的直径是 0.06—0.08 毫米。日常工作中，工人们一般不说毫米，而是通俗地叫作"道"。也就是说，李凯军他们制作完成的模具，比起要求的技术指标差了8"道"，相当于一根头发丝的尺寸。

李凯军的脸一下子变得铁青。

在场的所有人都屏住了呼吸。

"为什么你们会在意这么微小的一点误差？"在采访中，笔者问道。

李凯军解释了这套模具成型的过程：

"要将两部分分模具合拢装配时，模具中间留有一个孔，我们叫浇口。用一个枪栓一样的叫冲头的物件，在瞬间，用巨大的压力，把高温熔化的铝合金溶液打进去，让铝液瞬间充满整个型腔。这时候，通过机器给它强大的闭合力，确保这个模具是紧紧地闭合着，不会张开。

"之后铝合金溶液在型腔里快速冷却，从液态变成固态，然后开模具，一个完整的固态件就取出来了，这就是成型的过程。也就是取件的过程。

"在高温高压的状态下，如果两个模具接合部之间有缝隙，并且这个缝隙只要超过8'道'（0.08毫米），冲头的每一次高速冲压，高温高压下的液态铝都有可能会相当于子弹一样从这个缝隙间冲出来。当然，这种情况只是可能。之前从来没有发生过这样的情况。毕竟，误差尺寸只有一根头发丝粗细。”

李凯军看了看表，此时距离客户验收时间只有短短的16个小时了。

在场的人中，有一位是分管生产的副厂长。副厂长说了一句：“我们这么大的模具，零部件的组合多达一千多个，工期又这么紧，出现一点点小误差，可以理解，也是正常的事。”

李凯军却铁青着脸说：“出现问题了，就不正常。”

副厂长问：“你的意见，这个问题怎么处理？”

李凯军没有任何犹豫地说：“拆。不能带着问题交货。”

副厂长大吃一惊，着急地说：“拆？不行吧？”

副厂长把李凯军拉到一边，小声说：“凯军师傅，你看，缝隙尺寸只有这么一点点出入，等上了合模机，压铸机一合，也许这个缝隙就没有了。”

李凯军摇头：“不能‘也许’，我们必须保证百分之百地按规定标准来。”

副厂长急了：“凯军师傅，按照合同约定，明天就要交货，对方就要来人验收了。就算还有一点点缝隙，对方验出来了，最多也就是压压价，我们的损失不会大。我们还算是在正常工期内交货啊！可如果交不了货，误了工期，这问题就严重了。"

李凯军平静地说："副厂长，我明白，您担心工期，也是为全厂考虑。可是，这模具是我们组制作出来的，我是班长，就一定要对它负责，对它负责就是对厂子负责。我必须得找原因，把问题解决掉。"

李凯军的心里有一个声音在清晰地说："如果这个模具有问题，损失的不是我一个李凯军，也不是我们一个企业，而是损失了我们国家的荣誉，还有外国人对我们国家和对中国制造业工人的信心。"

副厂长急了："怎么负责？这么大的模具件，上千件零部件，现在拆了，也不能保证问题一定能找到。万一明天装配不出来，交不了货，延误了工期，你能负责吗？"

李凯军坚持："不行，这模具必须拆。"

说完，李凯军不再理会其他人，带头开始干。

时间紧迫，李凯军把周围的灯光打到最亮，开始一件一件地拆解。半夜时分，他们终于把整个模具拆解完了。此时，李凯军已经累得腰都直不起来了。但李凯军没有时间休息，稍微舒展了一下筋骨，继续干。他一个模块一个模块地检查，终于，在后半夜时，他发现：其中一个模块的表面有肉眼无法看到的凸起面。

李凯军兴奋地大声喊："找到了！"

就是这个凸起面！竟隐藏得这么不动声色！但还是被李凯军发现了。

李凯军重新调正头上的放大镜，开始手工一点一点地将问题处打平、抛光。

窗外是浓浓的夜色，车间里灯光明亮。四下里都很安静，只有李凯军操作时发出的工具声、电流声。徒弟们守

2017 年 11 月，行走中的教学（左二为李凯军）

在一旁，用崇敬的目光注视着他们的师父。

师父埋头工作的神情那么坚定。

夜色在不知不觉中消退，天色开始明亮了。

天亮了。远处传来人声，早起的人们开始了一天的生活。

李凯军开始组装。有了前一次的经验，第二次装配进行得比较顺利，时间也大大地缩短了。全部组装完成后，李凯军又做了一次测量调试，这一回误差范围大大缩小，仅有 0.02 毫米，远远胜过了规定的指标。

这真是只有李凯军的手才能做到的数据。

在场的人们，再一次被李凯军精湛的技术折服了。

李凯军匆匆地洗了把脸，换了身衣服，收货方的人已经到了。

还是那位加拿大客商带队，跟着他来的技术人员熟练地测试着各项参数。一遍完成之后，对方又测了第二遍。当然，他们也检查到了李凯军昨天连夜处理过的地方。不过，测量参数没有出现任何问题。他就转到下一个部位了。

“从头到尾，那个老外一声不响，就只是看设备，看仪器，做记录，对照技术手册，一项一项地检查。”

两遍检查完整地做完了。加拿大客商放下手里的工具仪器，冲着李凯军用着生硬的中文连续说道："干杯、干杯、干杯。"

这位从遥远的加拿大过来的商人当然不会知道，就在几个小时前，就在他站立的地方，这位站在他面前表情平静的高个子中国钳工师傅，刚刚经历过一些惊心动魄的事情。那个不眠不休的一夜，争分夺秒的每一刻，都是为了此刻的自豪和骄傲。

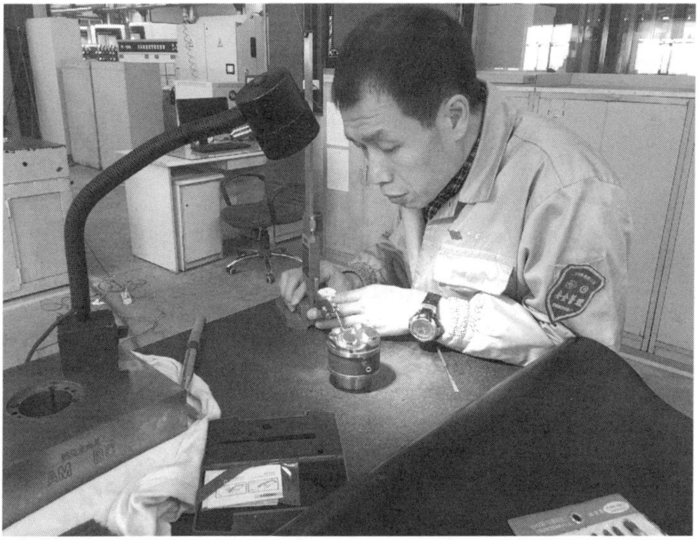

2016 年 1 月，李凯军在进行 0.02 毫米的精准打磨

交货完成后，这位加拿大供应商主动要求与一汽铸模厂继续合作，并且立刻签订了合同，以总计100万美元的价格，一次定做了六套模具。

按当时的汇率，这笔订单折合800万人民币。

厂领导向工人们通报了这个好消息，工人们欢呼雀跃，许多人跑来，向李凯军表示祝贺。

一个刚进厂不久的青年实习工人从人群中挤出来，站到李凯军面前，说："李师傅，我能不能握握你的手？"

李凯军不解，笑着说："我刚干活儿呢，一手油。"

小青年固执地拉住了李凯军的手，说："太牛了，李师傅，经过你的手处理，一根头发丝比10台车还贵！我要向你学习。我也要有这样一双手。"

离开工厂之前，那位加拿大商人专门握着李凯军的手，又说了一段话，李凯军听不懂。翻译这一回笑眯眯地说：

"我们老板说，他走遍了二十几个国家，从未见过如此完美的一套'工艺品'。待他回国之后，会告诉更多的人，中国有很好的制造厂。"

第十一章 时间都去哪儿了？

李凯军很忙。

他每天都是提前到岗，但几乎很少能按时下班。因此，笔者对他的采访只能见缝插针地进行。采访中的大多数时间里，笔者都是追到车间，一上午一下午地跟着。笔者跟着他，看他从一个工位走到另一个工位，从一个工作区走向另一个工作区。他会在每一台设备跟前停下，观察机器的运转情况；他会在各种模具制件之间驻足，一一巡视、检查；他还要与各位当班的组长、技术人员以及班组里的每一位工人沟通交流，了解计划、询问进度、抽查工作记录本，并不时提出些问题。如果得到的答案不理想，他就会一再追问，直到他满意为止。

亲身感受到了李凯军的忙碌后，这一天，笔者问了他一个问题。笔者说：“凯军师傅，你这样一天忙到晚，一年忙到头，什么时间休息？”李凯军迟疑了一下，他的回答让笔者吃了一惊。李凯军说：“我这个人不能闲着，闲下来我就难受。”

李凯军的爱人回答了笔者的这个问题。

李凯军的爱人给他做过统计，一年有 365 天，但是，他最忙的一年里，只休息了 4 天。这其中还包括他出差回来，因为是后半夜才到家，就算休息了半天。

笔者忽然想起，当初预约李凯军见面时，他就说过，在他出差回来的第二天上午有时间。

那次他是半夜才到家的，按规定第二天上午可以休息半天，他就是利用这半天的休息时间来接受了采访。但事实上，这个半天，他还是在车间里忙碌。笔者早晨八点半到厂门口时，李凯军已经换好了工作服，早早地进了车间。

李凯军当时对笔者说：“组里有个件，可能有点小情

2009 年 5 月，李凯军生活照

2012 年，李凯军生活照

况，我必须要来当面看看才放心。"

李凯军就是这样，哪怕只是些许小小的"情况"，他也绝不放过，必须要追踪到底，直到有明确的结果才罢休。

李凯军的爱人说："凯军没有准确的上下班时间，厂里规定的上下班时间，对他而言从来只是'摆设'——上班他永远早到。至于他晚上几点能回来，要看他工作的进展情况。什么时候，他觉得能放心地离开了，才是他下班的时间。"

早些年，曾经有一家媒体这样说过：

> 李凯军的时间都去哪儿了？
>
> 一锉、一削、一磨、一抛，一晃30年；打磨、钻孔、抛光、调整……李凯军的时间，几乎都去了这里。

这个说法，只是表明了一部分的情况。其实，耗去了李凯军大量时间的，除了精细的手工操作，更多的还在于他的创新、研发。

这些年，作为铸模厂的主力员工，李凯军带领的团队也是厂里的“主力队员”，一个接一个地承担任务，一个项目接着一个项目地完成任务。尤其是一些急难险重的任务，李凯军及其团队都是当仁不让的第一梯队。

随着科技的发展、时代的变迁，传统的铸造工艺和技术不断进步，一汽铸模厂作为行业风向标的领先单位，李凯军所在的团队也不断面临一个又一个新的挑战。一个技术难题从发现，到研究、讨论，到最后找到解决问题的办法，再投入实验，往往需要耗费大量的时间。

经年累月的琢磨、思考，无数次的尝试实验，是远远无法以工作日或者上下班的时间概念来描述的。这中间的过程不仅漫长而且复杂艰辛，令人心力交瘁。

笔者曾问过李凯军：“你做研发实验的时候，最多的一回，是经过多少次试验后才成功的？”

笔者以为李凯军会感慨万千地报出一个数字，没想到他云淡风轻地说：“我不考虑次数。实验只有行，或者不行两种结果。如果不行，不管尝试多少次都是零次。”

那天下午李凯军开会，我们约好了要继续采访，我就在工作室等他。下班时间过了好久了，李凯军才匆匆回来，一边走还一边打电话，笔者听到他说的一句话是：“吃饭别等我。”

进了门，他放下手机，坐下，说：“我们开始吧！”

笔者看了看表，晚上七点多了。

笔者婉转地说：“凯军师傅，这么多年你在跟这些冰冷坚硬的模具行业打交道以后，是不是把自己也磨炼得像个钢铁一样，有钢铁般坚韧的品质？”

“我要是能做到像钢铁一样就好了。在面对家庭和亲人的时候，我实在有愧。”李凯军说。

这一天李凯军回家，又是很晚了，天已黑透了，他走到家门口，像以往一样敲敲门，却没有听到熟悉的脚步声。他又等了十几秒，仍没有人来开门。以往他下班回来，只要抬手在门上轻敲两下，爱人就会立刻过来开门。但是今天，他敲了两回，门还是没有开。

李凯军只得翻出口袋里的钥匙，把门打开。

一进门，熟悉的香味传来，饭菜已经在桌上摆好了。妻子在里屋，没像往常一样出来迎接。

李凯军唤妻子出来一起吃饭。妻子的声音从里屋传来，说：“我吃过了。”

李凯军洗了手，立刻就坐下准备开吃。他已经饿坏了。

拿起筷子，揭开盖碗后，李凯军发现饭菜根本就没动过。他察觉到了不对头，放下碗，站起来，走进里屋去。

2017 年 12 月，李凯军（右三）对徒弟进行赛前培训

床头灯开着，妻子坐在床边，背对着他。

李凯军叫着妻子的名字，轻声地问：“怎么了，生病了吗？”

妻子不回头，也不回话。

李凯军凑到妻子面前，赫然看到妻子的眼睛红红的，显然是哭过了。

李凯军吃了一惊：“怎么了？出什么事了？”

妻子掩饰地说：“没事，太晚了，你快吃饭吧！”

李凯军固执地说：“不对，你说，有什么事？”

妻子尽量平和地说：“你明天，能不能早一点回来？”

李凯军说：“早点是几点？”

妻子说：“也不用早，你按时下班回家就可以。”

李凯军说：“让我回来干什么事？”

妻子说：“也没有什么，明天是周末，你按时下班，快到了打电话，我去接你，我们俩一起在小区里走一圈。”

李凯军大惑不解地问：“我没病没灾的，为啥要你去接我？”

“不为啥，就算我让你陪我走走，行不？”妻子的眼睛再一次红了。

原来，李凯军和妻子搬进这个小区已经好几年了，他每天早出晚归，没有节假日，小区的人很少见到他，只看到这家的女人天天忙碌，接送孩子、买菜、打扫卫生……日子长了，有些街坊就开始议论，说这家的女人要不是被老公抛弃了、离异了，就是丧偶……

妻子含着眼泪说："你明天早点回来，我们俩一起在小区里走走，趁着天没黑，我想让这小区里的人看看，让他们看看你，看看我们。我们是夫妻，我老公还在，孩子的父亲也在，我们是幸福的一家人。"

李凯军愣住了。

李凯军1989年进厂，1990年获得了先进个人，从此他几乎年年先进。到了1993年，他已经算是厂里小小闪光的人物了。身边不少老同事，觉得这个小伙子不错，就开始关心他的终身大事。有不少人给他介绍对象，按李凯军自己的话说，前后足有十几二十个人。大多数人听到他的工作情况和个人条件都很满意，而一听到他的家庭情况，就退缩了，连面都不肯见。

李凯军父亲离世，母亲的身体不好，已经居家休息。哥哥、姐姐都是普通的公职人员，李凯军家里只有两间房。而且，距离李凯军上班的一汽铸模厂很远。

只有一个姑娘，在听到李凯军的情况后，说："只要

2018 年，李凯军受邀赴北京参加第二届工匠中国论坛

李凯军带徒弟参加全国大赛，积累经验

人好就行。”

她同意和李凯军见面。

他们顺利地恋爱，之后，结婚。她成为李凯军的妻子。

妻子出身知识分子家庭，父母都是大学生出身的高级工程师，论家世比李凯军好。但是，她在李凯军一无所有的时候，义无反顾地和他走在了一起。正像她当年对介绍人说的那样：“只要他人好就行。”

那天晚上，李凯军沉默了。一直以来，他忙着工作上的事，家里照顾老人和孩子的事，无论大小，全都压在妻子一个人身上。他突然发现妻子变老了，原先那一头油黑的头发没有了光泽，脸上也添了岁月的沧桑。

第二天傍晚，李凯军破天荒地按时下班了，妻子走出来接他，他们在小区门口大声说话。晚饭后，两个人在小区里散步，李凯军自然而然地挽起了妻子的手。

那天傍晚，他们走了很久。李凯军想起好些年前，那时孩子还在襁褓，他们租住在一间小房子里。春节前，他们一家要去看岳父母。李凯军穿着军大衣，骑着车，妻子穿着大棉服，怀里抱着用棉袄裹着的小小女儿，坐在后座上。一家三口，虽然顶着冬日的寒风，但心里有说不出的温暖。一路上，李凯军把车骑得飞快……

李凯军感慨地说："真怀念那个时候啊！"

晚上回来，妻子对他说："行了，你也别多想了。家里的事，我能应付得来。厂里的事，再小也是大事。你现在代表的不仅是你个人，你得好好工作。"

"这么多年里，我没当面说过，但是在我心里，对爱人充满感激。"说到这里，一向豪爽的李凯军，突然哑然了。

他的眼睛湿润了。

第十二章 母亲的叮嘱

李凯军非常敬佩母亲。

母亲李书琴吃苦耐劳，性情温和，性格却坚毅顽强。李凯军的父亲意外遭遇车祸去世后，她含辛茹苦地拉扯着李凯军和哥哥、姐姐三人。李书琴在丈夫去世后大病了数月之久，后来身体便大不如从前。即使在家庭生活极其困难的情况下，李凯军也从未听见母亲抱怨，母亲也从不对孩子们疾言厉色。

如果说李凯军继承了父亲李洪丹的心灵手巧，那母亲对李凯军品德形成的影响，则如春雨滋润般细腻无声。

李凯军上技校的那几年，是家里经济最困难的时期，哥哥、姐姐还在读书，全家人的收入只靠母亲那份微薄的工资。父亲生前的朋友和同事来看望，有时会接济一点钱粮，可母亲都婉拒了。

李凯军当时有些不理解，母亲告诉他：“我们要靠自己的劳动挣钱，不是我们的东西，我们不能要。”

技校离家很远，足足有17公里，为了节省公交车费，李凯军一直骑自行车上下学。很多年后，姐姐告诉他：“你上学那会儿，每天晚上，母亲做好了饭，如果你没到家，母亲就不吃饭。她再晚也会等，并且一趟一趟地到院外去等。有时候她回来了，对我说，盛饭吧，三儿回来了。我回头看，院子外根本看不到人啊！母亲说，听到你的自行车铃声响了。”

那时候，李凯军和姐姐都非常不理解：马路上有那么多自行车，母亲怎么就能听出哪一辆是她小儿子的车呢？

如今，李凯军已经为人父，他能在一群孩子中第一时间听出女儿的声音；他也能在车间的几十台设备中，听出某一台设备发出的异响。

只有那些进入了心灵的东西，才能让你的心灵有所

2015 年 7 月，李凯军针对生产现场的瓶颈问题进行培训

感应。

李凯军技校毕业，进厂当工人的那天，他兴奋地对母亲说："妈，以后，我能挣钱了，我养活你。"

李书琴平静地说："你不要想着进厂当工人只是为了挣钱。你要当个好工人。你爸爸在世的时候，无论是干工作，还是别的，没有人能说出他的不是。"

也许从那天起，李凯军的心里就种下了一个信念，那就是母亲的叮嘱：

"你要当个好工人。"

李凯军是这么说的，也是这么做的。

成为好工人绝对不是一件轻而易举的事情。

李凯军几乎把全部精力都放在工作上，特别是他获得中华技能大奖之后，事情越来越多，工作越来越忙，很多时候，他身不由己，分身乏术，能够留给家庭和母亲的时间自然就越来越少。李凯军能做的，就是给母亲尽量多地打电话，每次回家的时候，都要先到菜市场上转一圈，挑最好的时令水果，再给母亲把一周的生活用品买好——

"左手右手几大兜子提上。到了家，放下东西后，我就挽起袖子使劲儿干活，家里所有需要和不需要干的活儿，我都干。"李凯军说。

2016 年 3 月，李凯军（右二）给徒弟讲解模具装配过程中易出现的问题

李凯军不是在干活，而是在用行动弥补对母亲的愧疚。

每当这个时候，李书琴就走上前，把小儿子手上干活的工具"没收"了，对他说："我这里没啥活儿要你干，你别挂记着，还是早点回厂里去吧。"

李书琴非常清楚：儿子如今已经不再只属于她，儿子的时间也不属于他个人了。

"当了模范，得了奖，你还是你，可不能放松。做什么事都要更用心，要对得起国家给咱们的荣誉。"母亲的叮嘱朴素，却意味深长。

这一年入冬，厂里有个项目，任务很急，李凯军连续忙了十几天都没顾上回家，母亲那里也没能去看望。

任务一完，李凯军就奔回家。他迎着呼呼的北风进了家门，却看到母亲披着个大棉被坐在床上，屋里竟然冷如冰窖。原来是一周前，几个淘气孩子扔弹子玩，把他们家的窗玻璃给打碎了。哥哥、姐姐已经结婚另住，母亲体谅儿子李凯军在厂里忙，怕他分心，宁可自己受冻，也不吱声。

这天多冷啊！李凯军当时就急了，眼泪一下就下来了："妈，你怎么不吱声啊！我每次打电话，你还都说没事没事没事……"

母亲坐在床上，身上披着被子，还是细语轻声地说：“不碍事的，我没啥，多穿点就行了。告诉你了你又分心，你干活要注意安全……”

母亲李书琴在2009年因肝硬化去世了。

十几年了，李凯军一直觉得，母亲还活在他的心里。

母亲的叮嘱，也一直都在他心里记着。

第十三章 产品就是人品

李凯军经常说的话是："产品如人品。我们制作出来的模具，绝对不能有一点儿瑕疵。别人对产品的要求是合格品，我对自己产品的要求是优质品。"

技术人员向笔者解释了"合格品"与"优质品"的区别：

合格品是我们对产品的通常要求。于一份产品订单来说，"合格品"就意味着可以通过检查验收。

"优质品"是对一个产品的最高评价。

“合格品”与“优质品”，虽然只有两个字的差别，但是，这其中有着巨大的差距。

对于模具生产来说，如果完成一个产品达到“合格品”的要求，你可能消耗四个小时；但如果要达到“优质品”的等级，在技术能达到的前提下，你可能要消耗八个小时甚至十个小时。当然，这多出来的四到六个小时是没有人付给你额外报酬的。而对于模具生产者来说，一名普通劳动者的收入通常是与产品的数量挂钩的。只有不计较个人得失，同时又具备较高技术水平的少数人员，才能制作完成“优质品”。

李凯军就是那种不计较得失，又具备极高技术水平的那些“少数人”之一。

李凯军对自己的要求是：只做优质品。他给自己定下的“合格”标准是：优质。

从业35年，李凯军一直坚持“优质品”的标准和原则。没有人知道，他因此要付出的劳动和艰辛到底有多少。

谈到“得”与“失”，李凯军说，他并不在意自己个人之利的多少。相反，他认为，正是因为坚持“优质”，自己才能够不断精进工作技艺，创新工作方法，提高了水平，增强了能力，同时又为企业赢得了口碑和效益。

是的，李凯军的名字，已经是一汽铸模的品牌。

现任技术总监的于巍和李凯军是一起共事三十多年的同事。按他的话说，是从车间干活时就在一起的兄弟。说起李凯军，他滔滔不绝。

那是2004年盛夏时节，为了给一个合资企业赶制一件模具，李凯军带着钳工班班组已经赶工几天了。他夜以继日地干，每天只睡两三个小时，实在困极了，就在车间的凳子上卧一下，醒来又继续干。

连续几天在高温下工作，李凯军闹肚子了，上吐下泻，站都站不稳，就靠着一个工位的台子接着干。

于巍想劝李凯军回家休息。话说了几遍，李凯军也不理。于巍知道，李凯军根本不用回答，因为他不会走，也不能走。钳工这活儿，一道一道工序衔接很紧密。上一道工序不能按时完成，就无法进行下一道工序；上一道工序交接得不清楚，下一道工序就没办法接手；更多的时候，中间就不能换人，换了人也接不下去。

于巍能做的，就是陪着李凯军，下班替他把孩子接了，再送回家；半夜煮好方便面，端到李凯军面前，让他吃一口热乎乎的饭。

2012年8月，全国大赛前，李凯军（右一）向徒弟们传授经验

这天，工作到半夜时，突然停电了。

工期压得这么紧，停电也不能停工啊。为了赶进度，后勤部门火速送到了一大捆手电筒，工人兄弟们一手拿手电筒，一手拿工具，继续干。

到了后半夜，于巍熬不住了，他站着站着，靠着李凯军旁边的一台叉车睡着了。不知睡了多久，身体一歪，差点摔倒，这下，于巍醒了。他看到，在微弱的手电光下，一旁的李凯军还在操作着。他脸色惨白，满头虚汗，嘴巴

紧紧地闭着，一言不发，全神贯注，双手辗转于机器和零件之间。

"我这一辈子都记得他当时那张脸，人疲劳到极限的时候，脸都变形了。"

在这样的情况下，李凯军完成的模具，依然保持了"优质品"的等级。

无论怎么艰辛，质量不打折。优质的，不仅是模具的品质，还是一个人的品质。

"凯军师傅手下出来的活儿，你就放心吧。"在一汽铸模厂，老员工们还给笔者讲了这样一个故事：

某次，铸模厂承接大众公司某型汽车部分模具认证时，发现一款叫作"汽车罩盖"的模具尺寸出现了问题：模具上一个圆弧面的误差为 0.05 毫米，而技术指示要求误差须在 0.02 毫米以内，也就是说，还差 0.03 毫米不能达标。

0.03 毫米是一个极微小的数值，普通的机床可以处理到 0.02 毫米，但是由于出现问题的部分是一个不规则圆弧面，在机床无法进行加工。

对于在机床上无法加工的部分，唯一的办法是靠人工处理。但是，这款模具是铸模厂请外单位定做的，铸模厂并没有关于它的任何三维数据。况且，即便是拿到了数据，在一个圆弧形表面要做只有 0.03 毫米的细微操作，困难到无法想象。在场的工人们都止步不前。

谁能承担这样的工作呢？

厂领导自然而然地想到了李凯军。

没有比李凯军更合适的人选了。

领导太了解李凯军了，所以，关于这个模具的重要性、必要性之类的话，领导一句也没有说，只是说了一句："凯军师傅，你给看看。"

领导说完这句话的时候，眼睛一直盯着李凯军。其实，领导在心里已经做好了被拒绝的准备。

李凯军不看领导，他站着，不声不响地打量着面前的这个让人揪心的铸铁家伙。听完了情况介绍后，他没摇头也没点头，只说了声："我看看。"

李凯军就戴上放大镜，拿起工具，开干。

小小的锉刀捏在李凯军的手里，仿佛一个小精灵，他以外人几乎无法察觉的细微动作操作着。

李凯军屏住了呼吸，感受着手上锉刀与模具表面接触时纤毛般的触感。

旁边的人站了一圈，所有人都大气不敢出地盯着李凯

2015 年 7 月，李凯军（左一）现场指导员工

2015 年 11 月，李凯军（右三）对徒弟们进行现场培训

军的手，生怕呼吸声音大了会干扰他的感觉。

一个多小时过去后，李凯军停下手。他用仪器再次检查后，说了声："行了。"

技术人员赶紧又凑到仪器跟前，用三坐标检测反复测了三遍，兴奋地大叫："太厉害了！"

仪器检测结果：这个圆弧面的误差居然缩小在 0.01 毫米以内。一直紧张地守在一旁的领导激动地上前拉住了李凯军的胳膊："凯军，谢谢你，你又为我们厂立了大功！"

李凯军揉着酸疼的眼睛憨厚地笑了："领导，谢啥，这是我的工作啊！"

当然，经李凯军重新修整后的模具，最后顺利地通过了大众公司的认证。

前来验收的大众公司人员中，有位高级技术总监听说了这件事的过程，于是他专门跑到车间里，来到李凯军的工位前，和李凯军握手，然后合影留念。

总监身材不高，李凯军却身材高大，照相的时候，李凯军有意谦逊地稍稍下蹲压低了身体，让镜头里的总监和自己尽量保持一致。虽然这只是一个微小的细节，但总监感觉到了，他很感慨地说："凯军师傅，身材高，手艺高，品德高。"

由于保密的原因，笔者没能在厂里看到这件“汽车罩盖”的模具。李凯军见笔者很遗憾的样子，就笑着说：“等下班了，我可以给你看看我的正十二面体。”

那是在一整个圆球上做出来的正十二面体。

那天傍晚，在李凯军的工作室，笔者终于见到了传说中的“正十二面体”。

一本书大小的红色锦缎盒放在桌上，当李凯军小心翼翼地打开盒盖时，一道明亮的光瞬间映亮了房间，笔者不由得惊叹了：

一只如乒乓球大小的钢制的正十二面体，端端正正地摆在盒子中央，金光闪闪，卓尔不群。它棱角分明，每个平面都如镜子般光洁平整，钻石般熠熠生辉，光洁度如此之高，以至于哪怕你用手指尖轻轻一触碰，都会在上面落下清晰的指纹。

这个正十二面体的精彩绝伦之处在于，它是李凯军在一只钢球上用纯手工的方式打磨制作出来的。每一个角度的误差、每一个平面的精度都在 0.01 毫米之内。

如果不是亲眼所见，笔者真是无法相信，人类的一双手，居然能够创造出这样巧夺天工的奇迹！

笔者非常不解地问李凯军：“不管你戴多少倍数的放大

2023 年 9 月，《李凯军工作法：压铸模具制造》出版

李凯军手工打磨的十二面体

镜，锉刀下方的工作面，眼睛是无法看到的，你用什么办法确定手上的力度呢？换句话说，要能够达到这么细微的数据，工作面又是一个弧面，你是怎么做到的？"

李凯军拉开了随身的工具包，从里面掏出一把小锉刀。他说："一把锉刀在我手上，每一下用力，根据用力的大小，我能确定它在工作面上产生的不同效果。在我用力时，锉刀上的每一条纹路，落在操作面上的每个瞬间产生的效果我都心中有数。我们的说法，叫作'人刀一体'。"

2019 年，李凯军（右三）赴邯郸钢铁有限公司进行"传经送宝"

李凯军停顿了一下，又说：“不管头上多少光环，身上多少荣誉，都不及这把小锉刀见识真英雄。”

这是多么出神入化的技艺！

这是千锤百炼的真功夫！

李凯军说，为了练习手上的精准度，几十年里，他在各种工作面上的练习何止千万次，他用坏的锉刀等工具更是难以计数。

笔者久久地盯着李凯军的手，这一双创造过无数神迹的手，十指看起来修长灵巧，但只有他自己知道，这双手曾经历了多少回火淬刀削，掌间和十指上的纹路大多被磨平了，留下的是累累伤痕。

当初，制作这只正十二面体时，李凯军不眠不休、一刻不停地持续操作了 16 个小时。一只闪闪发光的正十二面体，不仅代表李凯军的技艺，更昭示着他的操守：视工作为信仰，至高，至诚，至恒，至臻。

尽管李凯军的钳工技艺已经达到了极高的水平，但他并不满足于仅仅是技艺高超，更不满足于只是能优质地完成任务。

一个优秀的人总是在不断挑战自己，追求更加卓越。

在个人技艺不断精进的同时，李凯军还在努力想办法提高效率，对模具制造中遇到的问题、难题进行技术攻关，不断推动模具制造技术的出新，提升生产产品的品质。

2000年8月，一汽集团为了试制某型变速箱，把变速箱上盖模具的制造任务交给了铸模厂。加工这种变速箱的上盖模具，工艺要求很高：

> 平面误差必须控制在0.1毫米以内；
>
> 铸件孔位的误差不能超过0.05毫米；
>
> 壁厚必须控制在3.5—3.7毫米。

除了上述较高的工艺要求，时间要求也很紧。以往，类似这样的大型模具的加工周期通常为6个月。但汽车行业市场竞争形势严峻，一汽集团为了能够快速完成装车，尽早占领市场，必须要尽快完成所有模具的制作，因此，要求铸模厂必须在两个月的时间内完成这款模具的加工制作任务。

为了确保工期，厂里把这项任务交给了李凯军。

正值炎夏，时间紧迫、工艺复杂，又是酷热的天气，种种困难一起袭来。

困难压不倒李凯军，当年每天骑车 30 多里路去上学的少年，身上有着坚毅的品质，有一股不服输的精神气儿。

经过反复测算，李凯军发现，即使带领班组工人夜以继日地工作，工期还是太紧了。现实催生了李凯军想要改进工作方法的思路。经过反复思考、研究，李凯军根据这套模具的特点和自己多年的实践经验，又与设计人员反复沟通后，设计出了一些新的改进方法，使用了他的这种方法后，不仅保证了产品制作的质量，而且大大缩短了生产时间。

两个月的时间到了。约定交付的这天，质检员经过一番认真的检测和认证后，在相关文件上签字，并且，按照规定，为李凯军制造的模具颁发了合格证。质检员手里拿着证书，半天没有人来接，他正在奇怪，领导走过来，默默地接过了证书。质检员这才看到，一旁的工位上，李凯军已经坐在凳子上睡着了。

他是太疲倦了。

项目完成后，技术人员总结归纳了李凯军的做法，发现他对这套模具进行的改进和革新至少有 8 项。他独创的一套手工工具及操作技巧，开辟了发泡模具的新市场；他发明的“复杂水路加工法”“大型模具装配法”成

2017 年，李凯军（右一）劳模工作室与其他省市建立联盟关系

2017 年，李凯军在江西铜业为班组长授课，受到大家热烈欢迎

功地解决了制约汽车工业自主研发的瓶颈问题……《改进模具顶杆传统加工方法　提升效率　提高质量　降低成本》《EA211缸体压铸模具局部挤压问题的分析解决》《改进异型芯加工方法，解决疑难问题，消除质量废品损失》连续五年在集团创新项目评选中获得一等奖。

高超的技艺加上高能的创新，李凯军的名气越来越响，他的影响越来越大。在市场竞争日益激烈的今天，李凯军已经成为一汽铸造模具设备厂拼抢压铸模具市场的一个品牌，为企业的生存、发展作出了巨大的贡献。

在国内的铸模行业，李凯军像一颗星星，闪闪发光，令人瞩目。

第十四章 『大国工匠』

继 2017 年 3 月，李凯军获得“中国汽车业十大工匠”荣誉称号之后，2020 年，李凯军又一次迎来了他的高光时刻。

2020 年 1 月 6 日下午，北京。屋外冬意正浓，屋内的李凯军，却觉得浑身发热。此刻他站在中央广播电视总台华灯璀璨的演播大厅里，一颗心按捺不住地激动。

这个下午，由中华全国总工会、中央广播电视总台联合主办的“大国工匠 2019 年度人物”发布活动暨颁奖典礼即将在这里隆重举行，表彰那些在自己的领域中有巨大影响，为国家的技术进步和经济发展作出了巨大贡献的工匠人物。

由中华全国总工会、中央广播电视总台联合发布的2019年“大国工匠年度人物”征选活动，在长达半年多的时间里，经过全国各级工会层层组织推荐选拔，职工群众广泛参与，发布活动组委会办公室经过认真审核材料、广泛征求意见、反复对比遴选，严苛选拔，从数以百计的推

2013年，李凯军（右一）现场传承创新技巧

荐人选中，初选出50位"大国工匠年度人物"候选人。之后，由30位相关领域的知名专家、著名劳模代表、资深媒体人士组成的专家评委会，经过又一次严格评审，从50位入围的候选人中，最终评选出10位"大国工匠年度人物"。

这10位工匠人物，来自国防军工、装备制造、交通运输、传统工艺等多个行业，他们在不同的工作岗位上，靠自己过硬的技术和本领，在平凡的岗位上追求着职业技能的极致完美，为民谋福，贡献社会，都是所在行业的顶尖技术技能人才。

下午两点，颁奖典礼正式开始。

华灯齐放，鼓乐齐鸣。出席这次活动的有中华全国总工会、中央广播电视总台领导，来自全国各地、各行业的杰出人员代表，以及获奖的"工匠"。这是一场致敬模范、先进的高规格盛典，现场气势恢宏、礼乐交融。各路英杰齐聚一堂，共同奏响一曲献给时代楷模、"大国工匠"的赞歌。

这是一份含金量十足的荣誉称号，这是一份对国之巨匠的致敬。

"工匠精神"，不仅是对传统工匠技艺的传承，也是对一切职业精神的呼唤，"工匠精神"擦亮了爱岗敬业、劳

2020年，李凯军就专业技术进行全网直播

动光荣的价值底色。屏幕上，每当主持人念出一位获奖者名字时，获奖者站立的大红背景显示屏上就会播放一段获奖者的人物事迹介绍。每位获奖工匠展现出的卓越匠心、精湛技艺以及执着坚守、默默奉献的家国情怀，深深地打动了荧屏内外的观众，激励起无数人为实现中华民族伟大复兴的中国梦而不懈奋斗的热情。

主持人念出了李凯军的名字：

一汽铸造有限公司产品技术部模具制造车间班长　李凯军

在鲜花与掌声的簇拥下，李凯军手捧金灿灿的奖杯站在主席台上，他荣获了 2019 年“大国工匠年度人物”。

主持人用声情并茂的语言，宣布了给李凯军的颁奖词：

模具平滑光亮，是他一遍遍抛光而来；制件精度分毫不差，是他细心雕琢而成；模具工艺的改进，是他从体力冲锋到脑力创新的跨越；徒弟成为公司生产的主力军，是他以情传授结的硕果。

李凯军再次荣获大奖，名扬天下，大小媒体自然纷纷报道，他也收获了许许多多的新闻照片和图片。但是，笔者在铸模厂采访期间，在李凯军工作的车间和工作室，却没有看见一张他披红挂彩、神采奕奕的获奖照片。

墙壁上张贴的，是车间安全规定、工作流程、工作室组织机构、宗旨管理、职责等这些方面内容的文字。有两张图片，一张是安全生产校准化证书，另一张是身穿一身蓝布工作服，正在工作台上操作的工人半侧面照，汗水湿透了他的衣服。是的，这就是那张《汗水浇开幸福花》的照片。

第十五章 甘当沃土育新苗

"师父好！"

"师父好！"

跟着李凯军去工厂采访，正是上班时间，从一进车间开始，从车间这头到那头，沿路遇上的一个个小伙子，都会停下脚步，侧身站立一旁，向李凯军打招呼："师父好！"

面对眼前那一张张年轻且充满朝气的脸庞，李凯军脚步虽不停，但一律点头示意，他嘴角的一丝笑意流露出幸福和满意。

一花独放不是春，百花齐放春满园。李凯军在完成好本职工作的同时，还承担着培养青年技工的工作。

如今已是一汽铸造模具设备厂模具制造车间项目组组长、装配钳工常务班班长的刘岩回想起师父这些年对自己的培养教育，心里涌起一阵阵热流。

刘岩也是长春人，他的成长经历与李凯军有些相似。刘岩也是从小就喜欢摆弄手工的孩子，家里的锅盖经他练手成了筛子。挨过父母一顿训斥后，小刘岩还是故技重演。这样到了高中毕业，上技校成为他必然的选择。

刘岩上的就是一汽技工学校。

一汽技工学校是李凯军的母校。母校在对新学生们进行教育时，李凯军的事迹是必须要讲的。于是，一入技校，刘岩就认准了："李凯军在一汽铸模，毕业后我就要进一汽铸模。"

刘岩在技校如鱼得水，他心里有目标，学业上就有干劲。2005 年，刘岩以优异的成绩毕业来到一汽铸模，他是学校校长唯一一个直接交到李凯军手里的毕业生！刘岩心里当然是说不出的欢喜。

刘岩并不知道，李凯军是个有心人，早在几年前，他

2012 年，李凯军徒弟朱伟东（中）获得全国职工职业技能大赛钳工状元

2012 年 5 月，李凯军在百工种大赛前对参加者进行培训

就在考虑要建立培养机制，培养年轻一代钳工。他的想法与厂领导的规划不谋而合，因此很快就开始落实。母校一汽技工学校当然是李凯军关注的目标。正是在此期间，刘岩经学校推荐参加了长春市的一次钳工专业技术比赛，那次比赛中，他得了第一名。担任评委的李凯军，记住了这个机灵又有天分的学生。

刘岩如愿以偿地成为李凯军的徒弟。不过，李凯军自己也没想到，这个年轻人到来后竟成了自己最不省心的徒弟之一。

入厂后，在李凯军的言传身教、严格要求下，刘岩进步很快。

有一次，一个大模具的深腔铣刀无法加工，刘岩用从李凯军那儿学到的技术，硬是用手工给修了出来，砂轮末溅到脸上，整个人脏得看不出样子。

李凯军在现场，他心里欣喜，脸上却不动声色，不表扬也不说话，只是叮嘱注意安全。工作完成后，旁边其他的徒弟很不解，就帮着说话："今天刘岩的表现很不错呢！师父怎么也不表扬他几句呢？"

李凯军简单地回应了一句："表扬啥？这不就是我们的工作吗？"说着话，他上前亲自用帕子帮徒弟擦脸。

刘岩感觉到了师父的大手温暖的疼爱，心里热乎乎的。刘岩更明白，师父刚才那句话的意思是：干工作，无论多么苦累脏难，都没必要吱声。

此后，刘岩在工作中埋头苦干。由于他表现突出，入厂仅仅一年后，就被一汽集团以高技能人才的身份从劳务工破格转为正式职工。刘岩也努力进取。第二年，他报名参加了一汽集团公司组织的百工种技能大赛。为了练习技能，他找到技校商量，老师同意在学校放学后，他可以进入学校的实习厂练习室练习。刘岩为了不耽误工作，每天坚持把工作做完才走。那段时间车间工作很紧张，经常加班到晚上七八点。于是，刘岩就常常从晚上 9 点练到次日凌晨一两点钟，睡几个小时后再去上班。就这样苦练了一个月，他最终取得了第一名的好成绩，成为一汽最年轻的钳工状元。正当刘岩意气风发地朝着人生之路往前奔走时，他遇到了人生之路上的坎坷。

2008 年，由于国际金融危机，企业效益受到影响，刘岩收入下降。偏偏祸不单行，父母突然生病了。医治加疗养，刘岩的经济压力骤增。他谈了四年的女朋友也吹了。看着厂里有部分人员分流转项，刘岩心里也开始动摇。

这天下班后，李凯军把刘岩叫到办公室，也不寒暄，

2016 年 3 月，李凯军（右一）现场培训指导徒弟进行模具修复

上来就问他：“想怎么样？”

在师父面前，刘岩必须坦诚，可他又不敢说实话，只是不吱声地低下头。

“想走人了？不当工人了，想去挣大钱了，是吧？”李凯军一针见血地说。

刘岩吃了一惊，师父连自己内心的活动都看出来了：“师父，你咋知道的？”

“在班上没有积极性了，精神头蔫儿了。这我还看不出来吗？”李凯军板着脸。

李凯军苦口婆心地劝说：“你现在虽然说转正了，也有了些小成绩，但是，严格说起来，你的技术还没能达到成熟的水平，所以个人收入方面达不到你的预期。你现在不应该跑路，而是要坚持学下去。"

李凯军花了整整两天时间做小伙子的思想工作，他对刘岩说了两句话：

"一、是金子，总会发光的。二、真正的感情，肯定是需要共患难的。"

那个晚上的交谈进行到深夜，刘岩涕泪俱下。

刘岩虽然留下了，但考虑到班组里还有一些年轻人与刘岩的情况相同，此后李凯军就把自己每个月的奖金拿出来，分给大家，带领徒弟们与企业同舟共济。

李凯军这样做了三年。三年后，厂里的情况好转，年轻人也成长起来了。

李凯军言传身教，不仅将自己多年来丰富的工作经验传授给刘岩，还将"工匠精神"传递给他。刘岩没有辜负师父的苦心栽培，平时工作服兜里总是揣着一个小本子，时刻记录自己的所听、所看、所想、所惑。遇到解不开的难题，他就一头扎在生产现场研究思考，在不断地学习实践和积累中迅速成长。

刘岩的又一次流泪是在 2018 年 8 月的南京。这一天，刘岩站在了第六届全国职工职业技能大赛颁奖台上，他的心比盛夏的南京还要火热。他获得了“状元”。

走下领奖台，刘岩的第一个电话不是打给父母，也不是打给妻子（后来他与一位志同道合的姑娘喜结连理），而是打给了如师如父的李凯军：“师父，我得奖了。”

刘岩朝着师父和工厂所在的方向，含着眼泪大声喊道：“师父，谢谢您。”

那一天，站在领奖台上，刘岩想起了师父当年对自己说过的话：“是金子，总会发光的。”

“是金子，总会发光的。但要在无数次打磨之后。”刘岩对笔者说。

盖文龙是李凯军的另一位徒弟。

1989 年 4 月，盖文龙出生在吉林省长春市，他的父母都是普通工人，上班单位远，工作时间长，盖文龙从小学起就每天自己脖子上戴着一把钥匙步行二十分钟去上学。周末父母出去工作，留下他一个人在家，怕陌生人进来，或者小儿子自己跑出去走丢了，父母还会把家里的门反锁。节假日，母亲做家务时，小盖文龙也会跟着帮母亲洗抹布、擦汗水、打下手、递用具。从小感受到父母为家里生计奔波的不容易，2004 年初中毕业后，盖文龙主动选

2018 年，李凯军（右二）和获全国钳工技能大赛团体第一名的三位徒弟在一起

择了技工学校，毕业后来到了铸造公司铸模厂。

在技工学校读书时，盖文龙就知道李凯军的大名。学校的英模墙上，挂着李凯军的大幅照片：中华技能大奖得主、全国劳动模范、中国高技能人才十大楷模……在盖文龙眼里，李凯军是偶像般的存在。

进铸模厂那天，同时报到的有几十人，大家排成长队等待分配。走在队伍中，盖文龙一直惴惴不安，听到李凯军点了他的名，盖文龙一下子喜笑颜开，他狠狠地掐了下自己，确认梦想成真了。

当李凯军的徒弟并不容易。

铸模厂在日常工作中会经常加工大型复杂模具，由于工期短，质量要求高，所以完成起来有很多困难，需要用手工一点一点地去打磨。时间一长，对于年轻的盖文龙来说简直就是一种煎熬，他在心理上也不免出现了抵触情绪，当然在行动上自然会显露出来。一向亲切的李凯军毫不留情地批评了他："人品决定产品，细节决定成败。做模具跟做人一样。做人要讲诚信，做事也一样要讲诚信，你欺骗用户就等于在欺骗自己，你失去的不仅仅是一套模具、一个订单，而是用多少语言、多少行动都难以挽回的信誉。"

这一段振聋发聩的话，盖文龙终身铭记。

在师父的教育下，盖文龙明白了很多道理，从此认认真真地对待每一个产品，精益求精地对待每一天的工作。

李凯军在带徒弟的过程中，不光是教给他们技术，还注意从思想品德、待人接物、文化修养等各个方面全面培养他们的能力。

盖文龙给笔者讲了这样一个小故事：李凯军班组有一个习惯，他们每天上班之前要开十分钟早会。在这十分钟里，通报信息，总结昨天的工作，安排今天的工作。每个人先自己汇报，然后组长做总结。因为只有十分钟的时间，所以要求每个人提前打腹稿，做到言简意赅。

轮到小李发言："在做工作之前，要先思考，多琢磨，考虑周到，要像师父那样老谋深算……"

"他一说完，我们几个都愣了，师父当时就站在旁边，可师父啥话也没有说。"盖文龙说。

早会开完了，大家伙都回工位了，李凯军把小李单独叫到一边，问他："你今天最后那句话'老谋深算'是从哪里学来的？"

小李有几分得意地说："师父你不是说让我们多看书，多学习吗？我昨天看了《三国演义》里头……"

李凯军不客气地打断："读书是好事，可是读书要用心，不能囫囵吞枣。你今天下班回家去问问你对象去，这个词是啥意思……"

小李第二天来了，对几位小兄弟说："我真佩服师父。"

徒弟们都明白小李的意思。师父李凯军用温和的方式，既提醒了小李要认真读书，提高水平，又不动声色地维护了小李的尊严。

盖文龙说："在跟师父学习的过程中，我学到的不仅仅是钳工的操作技能，更重要的是跟师父学到了如何做人，如何走自己今后的人生之路！”

徒弟杨万里，2007 年入厂，谈起李凯军对他的帮助，杨万里感慨万千。这位举止腼腆的钳工用诗一般的语言说：“当初在学校操场与师父相看的那一眼，结下了我们师徒终身的缘分。”

那是在 2006 年，杨万里刚入技校，一次李凯军来校演

2020 年 6 月，李凯军（右一）对新学员进行培训

讲交流，杨万里和同学们坐在操场上听。技工院校毕业生李凯军的事迹深深地打动了杨万里，让他看到了作为技工院校学生将来的榜样，以及发展的方向。说来戏剧性的一幕，也正是那时在茫茫人海中他们互相看了一眼——“虽然不知道我师父当时有没有看到我，但正是有母校和师父的培养和教导，才有了今天的我。”

杨万里从学校走进工厂，发现他面对的是另一片天

2016年9月，吉林省高技能人才表彰大会期间师徒合影（左为李凯军，右为杨万里）

地："这是个节奏紧张高效的团队，我作为刚入职的员工，跟不上这个团队的节奏，身边的人要么是劳动模范，要么是车间骨干，要么是能在技能大赛战得佳绩，唯有我还在原地……

"我开始消极，对待师长不严肃，不重视工作，不愿连班抢生产，整日下班就玩电脑游戏到深夜，在团队里还经常惹师父生气。那段时间师父送我一句词，说我是'玩世不恭'，我记忆非常深刻。

"那是夏天，我看师父在我面前吃香瓜。师父吃瓜的顺序很奇怪，先从根茎部向顶部吃。我感到很好奇，问他。他微微一笑并没有说话。我有些搞不懂。回家后，我想起师父吃瓜的举动，也尝试着从根部吃瓜，头几口没黄瓜好吃，还带种苦味，慢慢地苦味才消散，后面才吃到瓜香味。瓜还没有吃完，我一瞬间明白了：师父一直给我讲做人做事的道理，有些道理说十遍都不如自己亲身去经历一次，干工作就像吃瓜，要先苦后甜。此时，我真正体会到师父所达到的高度，体会到学技术没有捷径可走，必须吃苦在前，享乐在后，要像师父那样肯吃别人不能吃的苦，肯钻别人钻不进的技术，肯动别人不愿动的脑筋，肯牺牲别人不愿牺牲的时间……"

想通了，杨万里开始行动了，他开始丰富自己的能量，踊跃报名参加各种钳工竞赛，工作上每天从最难的入手。理论基础弱，那就购买书籍，在业余时间学习；技能训练单位没有工具，自己跑遍长春的工具店，就为了挑选一把合适的锉刀……

杨万里已获得长春市高技能职工、一汽集团公司技术能手、吉林省经济技术创新标兵、吉林省技术能手、吉林省五一劳动奖章、长春工匠等荣誉。他跟着师父李凯军完成的各项技术革新已有 30 余项。

多年来，李凯军毫无保留地将多年积累的绝技绝活，无私地传授给了徒弟们。"在加工复杂模具时，特殊工件的工艺流程经常会困扰我们这些年轻人。每当我们这些徒弟去请教师父时，他并不会直接把他的想法告诉我们，而是耐心细致地讲解其中的道理，以便我们下次遇到同样的问题会举一反三，自己解决类似的问题。"大徒弟朱伟东说。

在李凯军的带领下，徒弟们多次参加各个级别的技能大赛。每次参加大赛的时候，李凯军都会非常忙碌，为他们收集相应的教材书籍，准备各种工、量、辅具……一件一件精心挑选、配置，有时没有合适的工具，他还要专门到各处去协调调用。比赛前夕，李凯军会用自己的经验对徒弟进行一整套的赛前辅导。培训内容都是他通过多年参加比赛和多年从事大赛评委工作经历中总结出来的，能有效地帮助徒弟们分析自己的优势，弥补不足，对年轻的徒弟们通过比赛锻炼意志品质、提高技艺水平，起到了至关重要的作用。

在李凯军的帮助下，年轻的徒弟们进步很快。

平日里，李凯军对徒弟们总是和风细雨，但是在工作上，他对徒弟们身上出现的问题丝毫不讲情面。经过几十年的探索和实践，李凯军总结出一套自己独特的“五传、五提”育人理念和方法，现在他亲自带过半年以上的徒弟就有 120 多人。这支还在不断壮大的队伍，在他的言传身教下，已成为各条战线上的生产骨干，在各技能赛场上也会看到他们的飒爽英姿，而且近几年基本上包揽了省市技能大赛的前几名。其中，徒弟朱伟东、刘岩分别在第四届和第六届全国职工职业技能大赛上夺得了两届冠军，被人力资源和社会保障部授予全国技术能手。

笔者问朱伟东：“你第一次得了奖回来，师父给你说了啥？”

“我师父说：不错，争气，给我们铸模厂带来了荣誉！”

“你听了这话，啥感觉？”

2021 年，李凯军的三位徒弟获得“全国技术能手”称号

“我一听，原本热乎乎的脑子一下子就清爽了下来，人也平静了。”李凯军的这句话，让得了大奖、正在兴奋头上的朱伟东冷静了下来，他忽然明白了：荣誉不仅仅是个人的光荣，更是属于集体的。没有工厂的平台，没有师父和同事工友们共同的帮助，就不可能拥有这样的荣誉。

朱伟东立刻举一反三地想道：荣誉在身，更要严格要求自己，因为如果发生问题，哪怕是小问题，影响的也是整个集体的荣誉。

正是秉承这样一种集体主义的荣辱观，李凯军的徒弟们都十分自律，带动了整个铸模车间的气氛积极向上，工人兄弟们团结友爱、互帮互助，无论是工作还是生活，大家相处得都十分融洽。铸模车间一派生气勃勃、力争上游的景象。

他们的事迹被《人民政协报》以“净土”为题，在头版头条以 7000 字的篇幅进行了刊登宣传。

无独有偶，李凯军的微信名是“沃土”。

李凯军现任长春市高技能人才指导师、一汽高技能人才传承师、吉林大学思政导师以及多所职业院校的特聘教授。除了上班时对徒弟和青年工人的传授，他还经常利用业余时间，通过现身说法和其他形式，与一些职业院校的学生在一起沟通、交流、座谈，帮助年轻人树立正确的人生观、制定自己的职业生涯规划，为自己的未来设定目标。

为了便于新项目开发研究，技术探索和交流，新员工技术培训指导等，李凯军工作室于 2010 年 4 月 4 日成立启动。2020 年 12 月，全国总工会授予李凯军工作室“全国示范性劳模和工匠人才创新工作室”称号。

自从成立了工作室，李凯军的工作更忙了。无论老工人师傅，还是年轻的徒弟新员工找到他更加容易了。李凯军如果没有出差，没有去集团公司开会，没有在车间，通常，一定会在工作室。工作室是李凯军的另一个战场，他在这里做培训、计划，与大家一起分析讨论、总结归纳。

李凯军最年轻的徒弟林忠旭参加竞赛

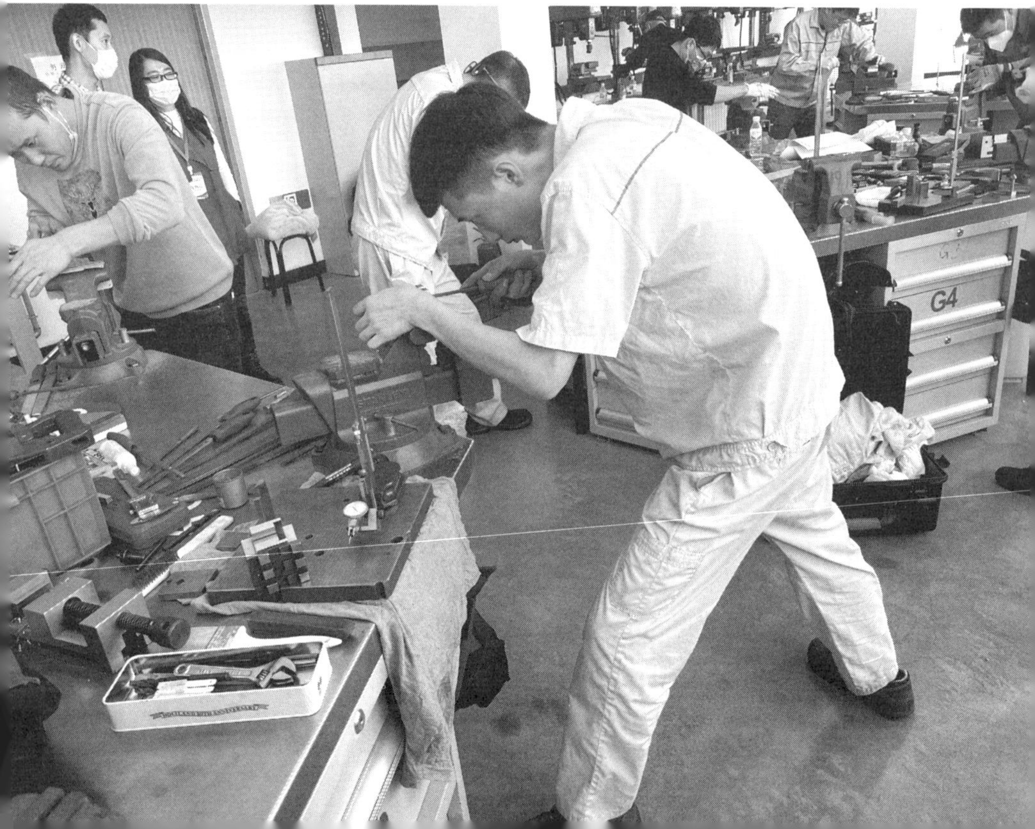

这里还是他的资料储备室和人才集中地，是全工厂工人，尤其是年轻工人向往的地方。

这里经常会聚合一群志同道合的工人，大家集思广益，群策群力。经李凯军直接代培的学员和业内徒弟已有120余人。在2009年长春市职业技能竞赛中，从李凯军工具钳工高技能传承班毕业的三名学员力克群雄，包揽了工具钳工奖项的前三名。他带出了一支“凯军团队”，成为生产的主力军，先后获得一汽铸造有限公司模范班组、一汽集团卓越班组、中国机械冶金建材系统先进班组等多项荣誉称号。

问起李凯军今后的打算，他笑笑，淡然地说：“无论取得多大的成绩，都要定期将自己清空为零，这样才能装进更多的东西。”

李凯军的下一个目标是：带领团队，打造企业知名品牌，成为国家的标杆性团队。

李凯军，当之无愧的“大国工匠”，时代楷模。

后 记

一个时代有一个时代的气质。

我们的时代将以怎样的面貌被历史书写，取决于我们每个人的表现。“大国工匠”是我们这个时代杰出人物的代表，他们所创造的“工匠精神”——是今天我们全社会各行各业的人们需要推崇和学习的时代精神。

曾经，工匠是我们传统生活中一个重要的图景。中华民族数千年的文明历史上，曾经产生过无数的能工巧匠，至今我们对他们的名字耳熟能详，他们创造了辉煌灿烂的物质文明，也为后人留下了丰厚的文化遗产。随着时间的推移、时代的发展，一些老手艺人、老工匠渐渐消逝，但“工匠精神”不能消失。党在百年的奋斗历程中，也培育和产生了一大批技术精湛、精神高尚的匠心巨杰，并且形成了体现我们民族精神、体现时代精神的伟大的“工匠精神”。

“工匠精神”蕴含着丰富的内容，它包括在设计上追求独具匠心、质量上追求精益求精、技艺上追求尽善尽美，蕴含着严谨、耐心、踏实、专注、敬业、创新、拼搏等可贵的品质。“工匠精神”是手艺人的安身之本，是企业竞争发展的品牌资本，是员工个人成长的道德指引，是我们的生命尊严所在，亦是社会品格、国家形象的荣耀写照。

“大国工匠”李凯军对自己的工作和劳动有着高度的价值认同，八尺钳台是他实现人生价值的无限舞台。如同当年那位记者拍下的照片一样，执着专注、一丝不苟、精益求精、追求卓越，是他工作的真实写照。

“大国工匠”李凯军用他辉煌的人生业绩提示我们，“工匠精神”并不以成功为旨归，却足以为成功铺就通天大道。

当今世界，综合国力的竞争归根结底是人才的竞争，劳动者素质的竞争。面对日趋激烈的国际竞争，一个国家发展能否抢占先机、赢得主动，越来越取决于国民素质，特别是广大劳动者的素质。

党的十八大以来，习近平总书记曾先后多次提及“工匠精神”，特别是在党的十九大报告中，明确提出了弘扬“工匠精神”的要求，强调营造劳动光荣的社会风气和营造精益求精的敬业风气。

没有强大的制造业，就没有国家的强盛。

当前，我国已进入新的发展时期，中国特色社会主义进入新时代，“工匠精神”已是社会文明进步的重要尺度，是中国制造前行的精神源泉，是以爱国主义为核心的民族精神和以改革创新为核心的时代精神的生动写照。实现伟大的中国梦，构建人类命运共同体，建设高素质劳动大军，建设科技强国，推动经济社会高质量发展，需要更多的李凯军，需要更多的李凯军式的“大国工匠”。

向杰出的“大国工匠”们致敬！

張子影

完稿于 2024 年小年夜